方外樓詩詞集

王忠義 著

何子健題

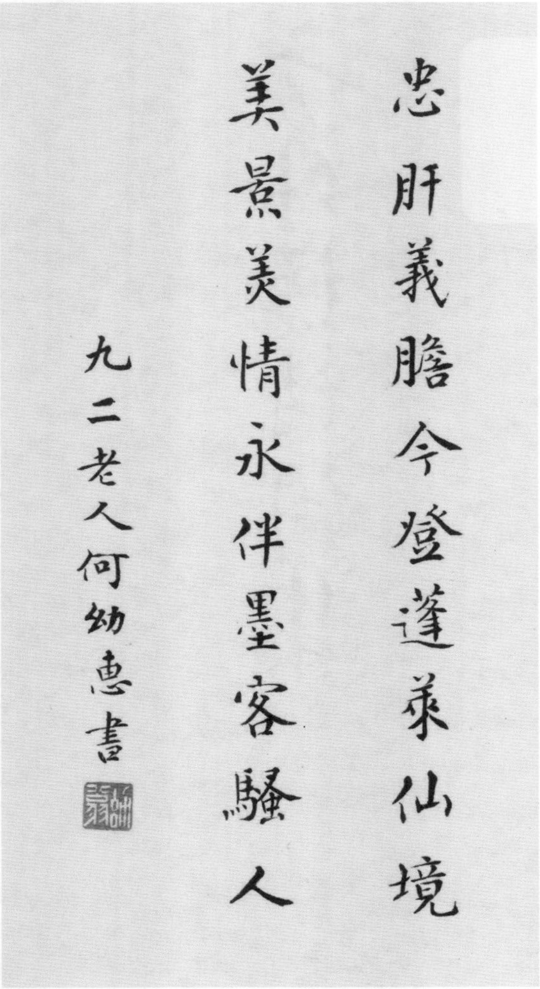
忠肝義膽今登蓬萊仙境
美景美情永伴墨客騷人
九二老人何幼惠書

編者註：張經略、吳懷德斟酌成嵌名聯，內鑲忠義、美美夫婦名字。書者何幼惠，為香港名書法家，有「小楷王」美譽。

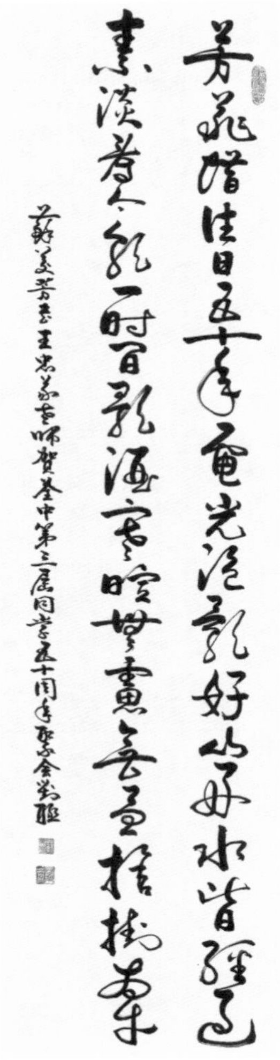

蘇美芳書王忠義老師賀荃中第三屆同學五十週年聚會對聯

芳飛贈佳日正芳春龜光泛乱好山妍水皆淀乱
惠澹荃龍一時百乱海寰暗聲畫委盡擂接幸

蘇美芳書王忠義老師賀荃中第三屆同學五十週年聚會金舫聯

王忠義詩贈吳懷德墨寶（一九九零年），現藏香港大學利瑪竇堂

木許芳心欺嫋
婷倚緣菩信知
春易老爭暖故
先開
懷柾學長雅正
庚午夏日忠義書迺作

三千弱水清淺寂
寞魚龍夢酣海
外波驚澗轍潮
聲不到中南
懷德先生雅正
庚午仲夏忠義書

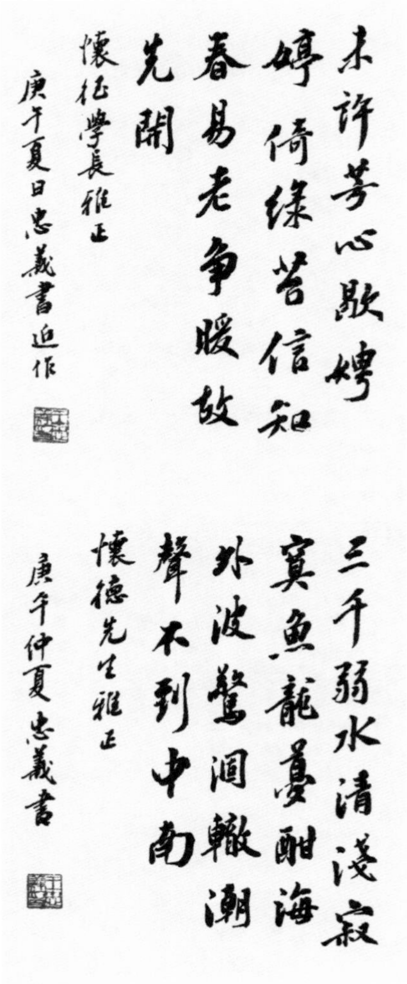

Words (E): Sheila M STEAD
Melody: Jean SIBELIUS
Words (C): WANG Chung-yee

荃灣官立中學校歌

（王忠義填中文歌詞）

荃灣荃中 昔為沮洳今名揚
勵志砥行 精神遠大高廣
峨峨黌宮 師生遊息春風暢
共歌自由 仁誠正直是尚
竹梅樟松 團結黽勉共翱翔
止於至善 斷斷兮永自強

二零零六年偕弟忠信遊泰山孔廟

二零一一年四月十四日，王忠義（後排左一）、吳懷德（後排正中）與饒宗頤教授（前排右二）、饒清芬（前排左二）及香港大學舊同學合照

王忠義創作的《無端》獲區城市政局主辦一九九三年度第三屆全港詩詞創作比賽公開組冠軍

區域市政局主辦一九九三年度
第三屆
全港詩詞創作比賽
公開組
冠軍

無端　王忠義

無端鐘鼓又天涯，聚散風前落蒂瓜。
虛擲一春迷蝶夢，獨憐齊雨釀林花。
牽蘿山鬼空延佇，吞岸潮聲有怨嗟。
我長多情英氣減，辛夷愼莫挂香車。

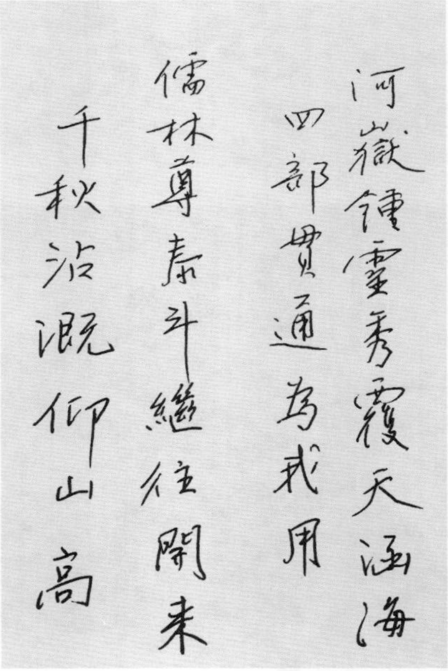

河嶽鍾靈秀霞天涵海
四部貫通為我用
儒林尊泰斗繼往開来
千秋沾溉仰山高

王忠義輓饒宗頤教授

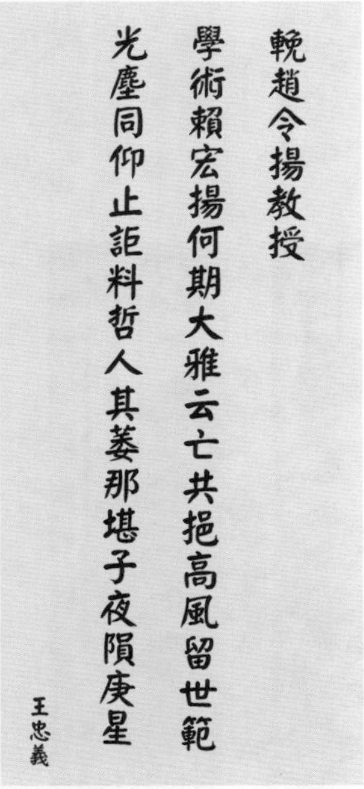

輓趙令揚教授

學術賴宏揚何期大雅云亡共挹高風留世範
光塵同仰止詎料哲人其萎那堪子夜隕庚星

王忠義

王忠義輓趙令揚教授

王忠義主持香港公共圖書館詩詞寫作講座

二零一零年

二零一一年

二零一三年

二零一五年

二零一八年

二零一九年

四月朝雨時卧病聯合醫院　二〇一二

疏林隔雨山濛濛，陰霾裏霧封蒼穹。
含烟大地飄氤氳，仰視層崖失冥鴻。
群雀啁嘲縮項立，振翅不飛沐濕風。
初蟬咿啞鳴樹隙，聲澀氣短翼未豐。
我來小園稍延佇，欲從萬物觀盈沖。
陰陽變化互推敓，水火地氣俱為庸。
洪鈞運轉無聲嗅，開闔誰能代天工。
俄而霧散雲散去，杲杲紅日正向東。

《四月朝雨時卧病聯合醫院》詩稿手書

病中寄內

昔言執子手，今諧白髮期。倏忽五十載，日月如馳（駟）。
瞬目含流眄，柔情淡今姿。綽約華粧薄，窈窕入時宜。
我病亟如焚，善策屢周諮。內則雖嘗訓，裏外實兼之。
體勞心更累，受之甘如飴。偶有不稱意，相撫共依依。
得婦難如此，三生洒楊枝。願為晝夜影，追隨自安怡。

學生編號

科目

E.D. 126

《病中寄內》詩稿手書

目錄

序

何文滙

學長王忠義校長學問淵博，尤善詩詞。一九九二年填《蝶戀花．元朗市鎮公園鳥塔北眺》云：

屐破苔痕穿小徑，筋力猶堪，步上招提境。極目平川開萬井，清歌獨立滄波靜。　久在樊籠誰夢醒？羣雀爭枝，得失錙銖稱。風雨終朝今乍定，亂雲歸去千山暝。

時余預新界市政，見其詞而甚愛之，乃為刻匾，懸於百鳥塔最高層，以壯景色。復因學長吳懷德先生而得與忠義先生定交。余又邀先生主持新市鎮文化教育協會學界詩聯年賽，日月其除，倏忽垂三十載矣。

先生為詩，高處越乎宋而侔於唐，閒淡簡遠則同韋蘇州，精密華麗則近李義山，佳句如雲，深情無限。數十年間，得佳作四百餘篇。然詩稿盈箱，未嘗結集，猶韞美玉於櫝而藏之，不無少憾焉。是歲許儕輩所請，遂整理存稿而成詩詞集，勢必開天下之眼矣。今詩詞集將付梓人，先生屬余為之序，余乃述梗概如上。

二零二一年，辛丑孟秋，文匯謹志

詩集

秋水（擬古）（一九五六）

秋水滿蘭澤，蒲葦鬱蒼蒼。蟬咽高樹側，隨風發清商。
清商何淒切，聲聲斷客腸。冉冉韶華逝，誰能返流光。
陟岵聊消憂，怨彼關山長。山長更隔水，欲濟意茫茫。
悠悠雲中影，浩浩予懷傷。百川猶歸海，飛燕巢故堂。
咄咄桑梓情，翹首當南荒。嗟哉世道非，鷙鴟九天翔。
豺狼甘作倀，呼嘯多妖祥。兢兢心勿沮，百煉終成鋼。
縱橫家四海，振衣登高崗。靜悟因循理，情愫託幽香。

春遊（一九五六）

三月鑪峰花未凋，尋芳徐步過長橋。
滿眼生機人如醉，銷得鶯聲無限嬌。

登金駝峰（一九五六）

日暮虬松作怒濤，攀藤跨石意堪豪。
笑他峻嶺梯天勢，萬仞終輸孺子高。

鳴珮（一九五六）

鳴珮依稀隔岸聞，羣幽攜酒醉東君。
旁人若問家何在，半在春山半在雲。

路旁有斷桃零落殆盡感而成詠 三首（一九五六）

（一）

翠減紅衰恨已成，沾泥誰與論傾城。
斷枝若有繁花在，不負劉郎再過情。

（二）

移樹辭根供品評，春光偷得入青磬。
祇今一覺浮華夢，錯向東風着意爭。

（三）

杜鵑啼血柳藏鶯，無意濃妝競世情。
算是綠章連夜奏，風風雨雨又清明。

寒食 （一九五六）

連日陰陰不算春，滿園飛絮逐芳塵。
風雷欲起龍蛇蟄，雨露空滋草木新。
入眼峰巒雲半瑣，當門楊柳影橫陳。
誰憐寂寞清明路，贏得他鄉淚染巾。

登山（一九五六）

偷閒日暮強登山，呼嘯振衣霄漢間。
俯笑人寰多憒憒，為他名利老朱顏。

鄉愁（代書）二首（一九五六）

（一）

一身萍梗逐重洋，水盡南天不見鄉。
輸與橫空北去雁，春深猶得渡瀟湘。

（二）

岑寂小園花又過，避秦心事付蹉跎。
春來日日千絲雨，豈獨離人涕淚多。

惜春 （一九五六）

吹盡東風落盡花，送春黯黯怨韶華。
無情燕子知何去，肯信明年更故家。

夜讀三國適松青來訪 （一九五六）

三分鼎足逞奇謀，一卷孤燈解百憂。
寒夜忽逢知己至，何妨煮酒論曹劉。

宋王台懷古 二首 （一九五六）

（一）

滾滾胡塵蔽玉京，衣冠南渡古今情。
傷心一片崖門水，猶向西風訴不平。

（二）

龍城日暮動秋風，孤石千年劍氣中。
南渡君臣家國恨，萬方征戰古今同。
詩懷鬱勃慚工部，淚眼淒迷憶放翁。
已是華夷無地限，空餘秋唱大江東。

秋聲（一九五六）

桂殿階前露漸清，吟蛩淒楚向誰鳴。
梧桐滴破深更雨，夜夜寒窗伴讀聲。

秋郊 二首（一九五七）

（一）

獨愛幽林靜，氤氲萬里清。
澗松時落子，野菊日敷榮。
翹首南山意，臨流逝水情。
孰云吾寂寂，空谷盪詩聲。

（二）

野徑無人跡，秋山晚更幽。
炊煙迷遠樹，歸鷺没滄洲。
長嘯羣峰動，微吟百感收。
年來行樂意，消得此淹留。

丁酉夏西貢修院避靜 二首 （一九五七）

（一）

長夏雲窗靜不喧，執經答問費爭論。
狂風一夕驚花落，始悟枯榮自有源。

（二）

心閒境寂試離羣，院落鐘聲欲聚雲。
袖手乾坤歸一笑，隔山虛籟靜中聞。

寶鴨 （一九五七）

寶鴨煙迷古殿深，仙緣邈邈苦難尋。
鬼神不管人間事，負盡蒼生一往心。

秋興 二首（一九五七）

（一）

菊黃蘋白興偏幽，閒眺依依俯碧流。
萬里晴暉橫遠岫，一江險浪警飛鷗。
山深漸覺煩襟減，寺古還將治夢收。
此日登臨蕭瑟際，不須惆悵說新愁。

（二）

高台斜日隔山紅，坐嘯披襟處處風。
岑寂千峰秋水外，淒清一笛晚煙中。
側身湖海心如繭，霎眼芳菲意轉蓬。
暮色蒼蒼由遠至，林端素月又升空。

送趙德玉夫子之新幾內亞（一九五七）

歲暮江干送客船，陽關祖道意淒然。
經年雨露痴聾發，別後聲聞夢寐懸。
時命憎才終泛海，風雲有會合當前。
琴書此去滄溟外，行見浴歌三月天。

秋夜（一九五七）

寒雲依皦月，竹影映虛櫺。
夜靜知閒趣，空階見草螢。

題像（一九五七）

獨倚高樓不染埃，半顰笑靨為誰開。
無端省認春風面，疑是驚鴻入鏡來。

讀岳武穆小重山有感（一九五七）

管弦誰省夢華悲，星隕風波國運移。
畏向西湖懷古去，春來幾樹更南枝。

燕子（一九五七）

于飛燕子掠堂前，尋覓東西意惘然。
廣廈連雲鱗櫛起，珠簾不捲有誰憐。

林村（一九五七）

千竿翠竹拂雲霓，樵徑鋪黃葉半迷。
秋水遠從天外落，一翁拄杖過橋西。

夏夜泛舟（一九五七）

卻暑扁舟逐晚霞，中流橫枕玉蟾斜。
槳聲驚破燈前夢，疑有鮫人夜紡紗。

扁舟（一九五七）

一帶垂楊踠碧流，閒情消受此扁舟。
憐他野鶴高飛去，不慕乘軒贈列侯。

不寐（一九五七）

萬籟虛堂靜，緣何我獨醒。
憑闌孤月白，兀坐一燈青。
憂患誰論道，貞元自孕靈。
何當浮艇去，閒釣楚江星。

迴閣（一九五七）

暝入羣峰靜，松喧迴閣寒。
虛簷鳥雀噪，野徑薜蘿寬。
對壁空書字，開襟一倚闌。
搜腸初覓句，思緩石泓乾。

空齋（一九五七）

趺坐東齋裏，窺天似井蛙。
痴兒人共笑，篇籍境尤佳。
屋暗蛛添網，庭空鳥囀槐。
機心唯向道，寂寞與誰偕。

夢轉（一九五七）

夢轉車聲寂，風搖竹籟喧。
四山殘月照，萬樹曉鴉翻。
歸去無松徑，閒居有小園。
此情誰與道，簌簌落花繁。

秋日絶句 二首 （一九五七）

（一）

雨霽花猶戀，風迴鳥集庭。
捲簾看暮色，薄霧鎖峰青。

（二）

夕照明虛閣，瞑昏斂翠苔。
歸禽爭晚樹，燈火上樓台。

玉米歎 （一九五八）

玉衣金穗紫鬚長，八月圩中積滿筐。
許是農耕真鄙事，田間不見少年郎。

暮吟 （一九五八）

徙倚闌干動暮吟，一鞭殘照逐歸禽。
野風向晚吹無定，寒嶺欲合萬谷沉。

野菊 （一九五八）

秉性疏庸似凍蠅，登臨愴惻興難乘。
遍山野菊無人插，歸去芸台且曲肱。

百祥將負笈加國夜話贈別 二首 （一九五八）

（一）

夜雨寒燈意倍親，十年風義共蕭辰。
臨行有淚休輕灑，珍重天涯肝膽人。

（二）

同學切磋樂友仁，平生交誼數斯人。
知心便許雷陳繼，擊水鵬程各問津。

夜渡 （一九五八）

月湧銀波渡影寒，樓台如幻靜中看。
鮫人夜織應多恨，十斛明珠嘔肺肝。

錦田春遊 （一九五八）

水遶平林綠一圍，江村幽處共忘機。
樽前春事無深淺，亂後人間只是非。
細雨藏山鳩喚急，岸風噓草蟻浮歸。
來遲敢恨匆匆去，且倩山靈扃岫扉。

寄趙德玉夫子（一九五八）

賦別經年夢亦難，浮槎世外一枝安。
分明陋巷非凡器，不食匏瓜愧素餐。
海角未容長袖舞，南溟猶許大鵬摶。
秋來喜接音書至，字字低迴爇肺肝。

戲贈（一九五八）

宵旰因勤瘦，曲肱一素儒。
了無窺園意，為讀五車書。

山中車行遇雨 二首 （一九五八）

（一）

烏雲凝合滿空山，新瀑齊奔樹嶂間。
一徑潺湲疑泛水，破煙野鳥自飛還。

（二）

溪葉爭流損石苔，橫風翻草亂成堆。
雷聲稍歇山客靜，淅瀝敲窗雨又來。

雙林 （一九五八）

松濤依古剎，梵唄出雙林。
日入羣飛靜，禪心不可尋。

杜鵑早開（一九五八）

未許芳心歇，娉婷倚綠苔。
故枝如有約，先遣嫩紅開。

窮巷（一九五八）

窮巷無車馬，衡門漫寂寥。
秋風明月夜，誰聽廣陵潮。

秋晚（一九五八）

雨餘嵐氣靜山嵒，霜後金風勢轉嚴。
袖手渡頭看暮色，夕陽紅墜入疏簾。

喇沙畫社諸學友畫展　二首　（一九五八）

（一）

意匠藏錐造化功，一時騰踔盡才雄。
鑪峰莫道無煙景，都在諸君筆腕中。

（二）

葉淡枝濃遠近匀，蜂飛蝶舞見精神。
千秋六法開生面，妙手拈來四座春。

註：諸友皆從周千秋伉儷習畫。

夏日重過南生圍 五首（一九五八）

（一）

溽暑炎炎未肯降，圍頭闃靜吠村尨。
堤邊鷗鷺無猜忌，且放閒身過渡江。

（二）

潮漲濕灘水漸肥，綠楊倒影入天扉。
蟬聲忽定鱗波亂，知有漁翁釣罷歸。

（三）

水殿涼生碧柳垂，參差翠蓋結成帷。
薰風似解遊人意，吹綻荷池萬柄奇。

（四）

平原彌望草離離，野畝荒畦八陣奇。
牛犢不知耕耜事，向人覓食苦相隨。

（五）

北望雲山擁碧巉，華夷一水滯千帆。
夜深月湧風潮至，咫尺天堂夢竟芟。

註：時有偷渡潮。

山行 （一九五八）

幽林無俗駕，萬壑靜斜暉。徑折松陰合，山昏鳥語稀。
溪流思漱石，趺坐暫忘機。踽踽尋歸路，臨風一振衣。

乙亥人日（一九五八）

居諸日月自推遷，一信梅花已可憐。
煮茗尚堪延客坐，焚香直欲枕書眠。
身如社燕何時定，夢似莊生覺後懸。
極目春原空黯黯，山深忍去聽啼鵑。

海壖宿營絕句 十首（一九五九）

（一）
鞅掌何堪鳳在笯，海壖長夏結跏趺。
年來幽遠行經遍，一髮青山望盡無。

（二）

畦荒逕仄迴車馬，修竹檀欒卓午陰。
袖手橫流歸一笑，暫教碧海滌琴心。

（三）

颯颯涼颸蘯暑氣，陰陰細雨滋莓苔。
虛簷背日蛛生網，野鳥頻呼引伴來。

（四）

汲深初懼無修綆，不道清溪自有源。
日暮烹茶釜石上，空灘坐聽晚潮喧。

（五）

風含水氣斷雲低，隔岸青山望半黧。
穩臥籐奴憩小睡，遠灣猶遞酉時雞。

（六）

窄袖輕衣颯颯姿，行廚兼味費深思。
日遲忽報香糜熟，正是蛟螭欲出時。

（七）

蓆地潮聲到枕邊，夜舠漁火倍堪憐。
不知何處傳虛磬，轉似高僧說偈禪。

（八）

月斜水落一舟橫，隱隱樓台雨後生。
閒步歸來天漸曉，更無人處覓鷗盟。

（九）

痴兒夢醒意惆惆，水靜沙平樹影斑。
莫怨天公靳色相，一星如月照前灣。

（十）

能無眷戀數天遊，肌骨如新素願酬。
明月清風空盪漾，卻留指爪待回眸。

佐瀚以情詩見寄有感

三首　（一九六零）

（一）

三生誰復省前因，悵望春深一愴神。
只怨名花容易老，傷心應是看花人。

（二）

青禽無語只封書，此去蓬萊淺水餘。
寂寞春山孤館夜，為誰一句一躊躇。

（三）

清宵夢轉淚潸潸，徙倚靈風恨未慳。
莫道相思心總折，他時應照彩雲還。

坐待 （一九六零）

無端鐘鼓又攜離，坐待平明對九枝。
青鳥封書人去後，紅巾留夢獨來時。
空尋鳳紙前盟在，便有靈稱託語遲。
立盡今宵風與露，相逢他日可先期。

披荊文社春日招飲賦謝（一九六零）

酬唱披荊二月天，一堂風雅耀星躔。
揮毫書畫扶元氣，轉軸絲弦咽古泉。
此日論交延後進，斯文未喪仗諸賢。
忝陪末座無佳句，獺祭成篇紀盛筵。

南丫海遊（一九六零）

羈愁意不適，載舸逐風颸。
浪細雙桅靜，天低一岸長。
看山猶醞藉，觀海入冥茫。
欸乃漁歌歇，輕鷗舞夕陽。

詠菊（一九六零）

不媚春風日，偏鍾葉落時。
素心憐雅淡，冷豔獨棲遲。
客去成孤賞，朋來共酒卮。
屈陶千載意，籬畔起深思。

山中暑退（一九六零）

暑退涼生饒爽氣，山深衣薄坐宵寒。
野煙漠漠荒丘靜，一月臨溪袖手看。

秋聲（一九六零）

小院吹寒露漸清，吟蛩淒楚入階鳴。
梧桐葉落深宵雨，一夕秋聲移我情。

過伶仃（一九六一）

風緩帆輕舸若停，羈心暫解向南溟。
沉沉煙霧雲山暗，悄悄魚龍海氣腥。
浪捲浮鷗知岸近，星移暮色壓林青。
伶仃本是傷心地，莫恃重洋作障屏。

利瑪竇宿舍夜讀 （一九六二）

萬籟生虛寂，沉沉接杳冥。
霜凝孤月白，影伴一燈青。
伏案寒驚夢，覃思刃發硎。
三年濡墨地，辛苦為誰醒。

解珮 （一九六二）

解珮依稀月湧潮，重來山鬼叩窗邀。
夢迴難覓隍中鹿，人去猶思月下簫。
忍待於今悲計左，侵尋此際易心焦。
蓬萊淺水休嗚咽，再賦閒情意恐銷。

失題　三首　（一九六三）

（一）

橫塘柔櫓隔輕塵，笑靨如花看未真。
昨夜夢君頻致語，不知蝴蝶是佳人。

（二）

駘盪春風盡日吹，年年蛺蝶逐芳菲。
多情只向花心去，幾見高枝採蜜回。

（三）

陌上風光又一時，烏啼鶯弄意難持。
柳條不綰同心結，莫贈行人更皺眉。

讀項羽本紀 二首（一九六四）

（一）

破斧沉舟意氣豪，中原龍戰領風騷。
若從亞父虛前席，一統何曾是漢高。

（二）

虎口逃生事齟齬，項王高義亦迂愚。
鴻門細繹多疑處，應有隱情未忍書。

重讀周美城六醜（一九六四）

夜來風雨葬傾國，岑寂東園蝶暗愁。
客裏但傷春翼逝，不知秧綠已平疇。

山行遇隱者（一九六八）

盤徑不知遠，松蔭合漸森。
霜天流夕景，漁浦晚煙沉。
山空鳥自悅，境寂蟬苦吟。
踽踽攜一卷，逍遙獨孤尋。
箕坐溪石上，清泉漱素心。
意閒了無慮，物障何由侵。
適有採藥者，歸自秋水潯。
憩息與共語，至言垂良箴。
勞生無雅俗，悟道須胸襟。
忘憂即為樂，形骸詎能任。
一偈吾能會，天際白雲深。

春意 二首 (一九六八)

(一)

香城霽日漲朝霞，暖霧輕雲似絳紗。
漠漠東風吹不盡，紫薇初放最高花。

(二)

相思舒翠綠千家，野鳥攜雛上樹椏。
一水潺潺初滿葉，素波已露小荷花。

聞歌 (一九七零)

酒暖微醺夜，悲歌慷慨聲。
躊躇未忍去，恐有故園情。

客舍失枕聞荒雞啼（一九七零）

斗杓明滅隔椽橫，四壁輕風剪剪生。
虛擲一春星自轉，偏憐細雨潤初成。
寒雲野店荒雞月，曉鏡流光白馬程。
身在寂寥塵障地，且收夜氣養清明。

客邸睡起登樓遣悶（一九七四）

月隨人影上樓台，寒鳥驚秋四散哀。
玉露先從竹葉白，黃花偏向客中開。
星移狼鬣光應暗，夢入華胥路自迴。
一種愁心休借問，不須龜著決疑猜。

勞塵（一九七四）

惆悵逢迎計早疏，勞塵回首歲云徂。
十年滄海魚龍變，咫尺天衢雀鳥居。
陟世正冠終負版，争先無技似飛鼯。
堪嗟賣櫝珠難贖，獨坐斜陽理蠹書。

股市（一九七七）

證劵通寰宇，爭鋒角市場。
點金懸水月，套凳任蒼黃。
斷臂全軍歿，奔牛願景長。
君平縱善卜，魔笛太無常。

重過巴富喇沙舊址兼懷百祥銘階建璋永聲懷德　（一九七七）

冉冉春風爛漫吹，當年曾此共書帷。
咿啞應對能蠻語，雕斲栝棬禮父師。
把臂相從思往日，推心猶悵隔天涯。
沉吟憶得鵝湖夢，廿載回甘立雪時。

明太祖　（一九七八）

韓宋沉江順帝隤，玄黃龍戰起蒿萊。
禮賢美奐艱虞日，笞杖號啕殿閣哀。
一着全輸緣廢相，乾綱獨斷謝無才。
武功文治俱芻狗，杯珓何心莫浪猜。

讀宋史王安石傳 （一九七八）

睥睨乾坤一霸才，平治險穢意恢哉。
無時強弩難穿縞，違世孤懷忍自媒。
陋宋端由禪代起，和戎終誨寇兵來。
祖宗家法真兒戲，留恨徽欽涕淚哀。

詠康有為 （一九七八）

翊聖傳經業，南天萬木開。
微言孳法乳，一疏殷春雷。
移座悲神器，急功兆禍胎。
可憐君憲淚，空灑向瀛台。

冬至書懷 （一九七八）

陽律初回日月驅，逢迎人事切膚趨。
折腰簪筆傷干謁，隨俗閒情半有無。
故紙蟲魚書作伴，浩歌天地夢南圖。
沉吟獨坐空齋裏，惜少藏身一酒壺。

題錯堂書畫展 二首 （一九八零）

（一）

氣韻凌誇曠代雄，鞭笞物象自從容。
得心意到神完處，遊刃無形運斧風。

（二）

畫意畫形畫隱情，思精手熟繪清明。
墨禪天趣皆煙火，莫道傷心畫不成。

註：鶴林玉露：「繪雪者不能繪其清，繪月者不能繪其明。」

神農溪漂流（一九八二）

荒溪險怪覘雄奇，急水飄流一髮遲。
倒走羣山如逸馬，一峰一變綠迷離。

過厓門（一九八二）

海霧沉沉水一涯，干戈百戰變華夷。
今人不省前朝恨，但說風光勝舊時。

佐瀚招飲統一樓頭豪邁之色不減少時　（一九八五）

芬芳共逐少年場，海運三千恣大荒。
柱下牙籤矜大學，蘭台清操詠甘棠。
翩翩才調詩心逸，娓娓經綸一字香。
灼石流金崇雅正，拔山搖嶽任蒼黃。

註：君曾任大學圖書館館長，兩局議員投訴專員，電視台「每日一字」主持。

臨窗　（一九八六）

舒捲臨窗眼暫明，秋蠅小字動心兵。
神棲圖史思泉湧，氣養幾微罔象平。
辨馬何妨分驪白，解牛無間待經營。
沉潛莫起飛騰意，俯仰風簷任雨晴。

雙鳳山（一九八六）

杳杳青紅雜樹光，蟬鳴犉語自宮商。
沉雲乍散前溪雨，雙髻和煙試曉妝。

元朗烏塔公園（一九八六）

東風吹綠杜鵑開，繞徑槿花細剪裁。
湧地青林凌一塔，可憐羈羽日驚猜。

丁卯元旦（一九八七）

蒼黃世變刱思遷，員嶠方壺路幾千。
浮海寧知夷有道，締盟敢信瓦能全。
還丹九轉拋心力，淨土一方任劫禪。
昨日公車哀國是，京華北望又移權。

天水圍大興土木（一九八七）

車走雷音萬馬驪，塵泥瀰漫日霏霏。
丹崖翠壑愁無語，宿鳥歸來舞夕暉。

戊辰夏日內子與諸妹小聚雲城（一九八八）

闊別幾經年，萍蹤各一天。
殷勤千里會，俯仰五心連。
促膝憐長夜，差肩坐綺筵。
雲山明日路，揮手已茫然。

戊辰除夕（一九八八）

雨嘯風嘷歲又逋，紛然塵網日繁蕪。
摩肩跬步人爭路，聒耳雷聲車滿衢。
客久不妨親異俗，酒殘猶許近投壺。
可知更有梅花信，春色明朝萬象蘇。

贈徐孔泉醫生（一九八八）

杏林推祭酒，文采耀星躔。
不辭千盞醉，欲濟眾生緣。
網屏頻索驥，談笑且忘筌。
可有陳藩榻，任君坦腹眠。

無端（一九八九）

無端鐘鼓又天涯，聚散風前落蒂瓜。
虛擲一春迷蝶夢，獨憐膏雨釀林花。
牽蘿山鬼空延佇，吞岸潮聲有怨嗟。
我畏多情英氣減，辛夷慎莫掛香車。

登臨（一九八九）

偶爾登臨百感新，秋光沱澹淨無垠。
閒尋勝境成佳趣，非入名山學隱淪。
海上滄波遷日月，眼中松骨化麒麟。
年來漸覺心源定，何必安禪始拂塵。

春寒早起（一九九零）

客散高樓意悄然，春燈如夢日推遷。
寒生四壁裘披重，灰撥寸心火復燃。
尺土栽花思遠道，十年煉石負先鞭。
悅禪悅道俱無奈，且聽荒雞報大千。

兩行（一九九零）

琴弦不撫音函，至道無言味覃。
大覺原同大夢，何來轍北轅南。

宿因 （一九九一）

邂逅蘭皋種宿因，舞斜柳月共芳辰。
燈燃紅豆三春夢，星隔銀河兩地人。
烏桕經霜吹易折，蓮心委露凍先皺。
始終獨賞成滋味，莫泛天槎再問津。

行將移居有感 （一九九一）

迢遞高樓映碧虛，十年俯仰自居諸。
雲看朝暮知晴雨，星轉東西辨斗車。
養性霜刀遊有間，行吟爐炭費重噓。
多情怕戀桑成椹，且放常心泄尾閭。

夜宿賓府山中 （一九九一）

翠微投宿處，向夕動羣陰。
寒雨浮燈影，輕雷隔野岑。
樹鳥窺遠客，山鬼伺叢林。
夜分罡風烈，空山似陸沉。

花墟鳥雀公園 四首 （一九九一）

（一）

半畝清幽自一鄉，短牆綠瓦石門坊。
楹聯翰墨添佳趣，燕語鶯啼引興長。

（二）

入門花鳥共相親，觀物閒中作主人。

昨日沉吟扶杖處，數竿清影自橫陳。

（三）

無壑無山不自由，啁噍何似舊林丘。

青天且有閒飛鳥，衝破輕煙點素秋。

（四）

茗罷煙消朝日春，徜徉俱是白頭人。

相思百囀江湖夢，都入飛花碾作塵。

註：相思，鳥名。

早蟬　二首　（一九九二）

（一）

一聲淒楚到人間，破土凌虛氣自頑。
碧樹偏憐滋雨露，高風詎肯託茅菅。
么弦雅意情方結，小夢山蘿恨未刪。
可是雲泥都歷遍，苦吟宛轉證禪關。

（二）

槁餓聲嘶上徹天，不平孤憤自年年。
春冰已化誰相語，薄翼空騰獨惘然。
懷抱枯榮終一樹，欣悲知遇只當前。
旅歌唱盡炎涼意，昂首蒼冥日正懸。

洞梓訪國柱村店晚膳漫成四章偕行者美玉操雅繁湘（一九九二）

（一）

一徑蒼蒼動晚風，翠蘿小築櫛西東。
暮山紫氣來邱壑，隔樹斜陽映幔紅。

（二）

入門秋氣靜庭除，手植幽叢此卜居。
想見小樓燈火夜，先生俯仰讀玄書。

（三）

盆菜初嘗古意溫，主人茶酒勸殷勤。
平生未慣鄉居味，且買青山付屐痕。

(四)

箐霧林霏夜合圍，驅車海岸去來歸。
一星如月洲前掛，隱隱潮音入夢扉。

寄永聲兼簡徐孔泉醫生 (一九九二)

島國回頭霧百重，客程早分伯勞東。
丁寧對榻黃金賤，輾轉催書蠟淚紅。
人海茫茫藏底處，狂名藉藉隱孤衷。
知君早有迴舟意，獨倚朱闌聽曉鴻。

壬申除夕 （一九九二）

盡夜駸駸去，寒陰壓歲深。
催花添活水，對酒滌煩襟。
世俗悲歡意，門庭依戀心。
青燈明日夢，佳節聽來禽。

睡醒 （一九九二）

睡時一榻似虛舟，路入華胥恣遠遊。
夢裏不知塵世事，蘧蘧蝴蝶盡風流。

晨運（一九九三）

古人重養氣，寧靜為其先。
今人尚運動，葆生須日乾。
晨興適空曠，心身俱修然。
意行四肢行，神圓形乃圓。
屏息塵心斂，無躍亦無淵。
徜徉市肺中，晨昏悅翠煙。
俯仰時節變，推移萬化遷。
況有同行者，謦欬鎮相延。
叟嫗老逾健，步伐無拘攣。
相顧但頷首，目接為周旋。
寄語高眠者，莫戀枕簟妍。

自由（一九九三）

彩筆描空難着色，抽刀斷水水仍流。
無明憂喜隨心起，一念何曾得自由。

章甫（一九九三）

適越資章甫，文身每見非。
逢迎成底事，洽賞失先機。
心跡就能剖，拳拘自懶飛。
括囊通慎理，隨意有芳菲。

驅愁 （一九九三）

驅愁未許消殘酒，執象焉能穎脫囊。
慧眼金剛看世變，不須冰火置中腸。

異見 （一九九三）

勝猶不勝事堪哀，曲直非關有辯才。
一脈菩提開漸頓，兩行蝶夢費敲推。
逆風退鷁飛難進，霜月驚鴉笑浪猜。
計淺怨深艱寸步，鴻毛吹火化塵埃。

秋日雜詩 五首（一九九三）

（一）

天淨明霞遠，秋尋坐臥閒。
丹楓迎眼近，紅透夕陽山。

（二）

知有纏綿意，寒藤細作花。
身輕難結子，飛夢入誰家。

（三）

夢落睡魔退，心魔驅又來。
玲瓏湖上月，皎皎入靈台。

（四）

危葉脫風去，逍遙許自由。

有情隨浪去，莫入御溝流。

（五）

桂影方斑駁，秋雲陰復晴。

天人都入夢，一月獨傾城。

梁文燕中樂團聽罷爰成三絕句兼簡君儀、淑萍（一九九四）

（一）

颯然眾響落珠盤，轉軸張徽見指摶。

簫管琵琶終一鼓，青峰江上聽迴瀾。

（二）

凝視澄心氣息微，新聲難抑意沉飛。

花腔海唱多輕薄，獨賞元音和者稀。

（三）

一隊壎篪掃俗音，弦歌意豈在高岑。

十年誰種青青柳，藏得鶯聲直到今。

附梁君儀答詩 三首 （一九九四）

（一）

冰車鐵馬譜梁州，竹色絲聲綠要頭。

樂韻悠悠千里外，夢中獅嶺淡煙浮。

（二）

溪聲山色無消息，檻外從來愧仲由。

海唱元音何所辨，黌宮九載忍淹留。

（三）

珠盤歷落鶯聲囀，楊柳青青有好音。

濟濟菁莪攜素手，溫馨重拾夢重尋。

武夷山雜詠 三首（一九九四）

採茶

巖叢澗樹遍旗芽，玉女羅筐採曉霞。

採得新茶焙烘後，奇香不入野人家。

大紅袍祖樹

夾壁一溪上翠微，層巖十丈數株圍。
孤芳葳蕤深山裏，猶自飄香入帝畿。

茶道館

翠影撐空匝地圍，清涼無穢自芳菲。
几前一盞雞冠露，坐聽湘靈瀹道微。

註：有女琴師奏清樂。

試茶　二首（一九九四）

（一）

玉盞淋方暖，紫壺泛綠華。
佳人添客夢，柳葉當春茶。

（二）

雞冠清馥遠，香雪貯甘長。
誰惜山中女，崎嶇背簏筐。

登天遊峰

危磴崎嶇入黛青，振衣一覽半山亭。
峰雲開闔蒼煙裏，南北東西換畫屏。

竹筏溪行 （一九九四）

滄浪清兮濯帽纓，深山啼鳥若為情。
奇峰獸石蹲相望，一筏竹舟載晚晴。

水簾洞三賢祠（一九九四）

活源一線墜巖前，點點明珠半畝泉。
草樹蒼生俱有幸，千年灌潤仰三賢。

一線天風洞（一九九四）

天帝揮神斧，嶒崚一線開。
濕嵐驅暑氣，幽徑印蒼苔。
穴暝寒清骨，溪鳴漱素懷。
迴音陵谷外，遠復自歸來。

謁武夷朱熹紀念館

簌簌篁埤動晚煙，紫陽庭院靜中偏。
固知衞道由天縱，不悔窮經作鄭箋。
顛沛斯人肩大任，精微孤月印晴川。
近思語類今誰讀，門外塵埃漲暮天。

山居（一九九五）

乍雨還晴二月餘，投閒深退似離居。
山行仍夢尋蕉鹿，鳥散非因集苦樗。
蔓草猶憐思遠道，春芳漸歇悟玄書。
重來尚有漁樵約，細說滄桑論太初。

雨霽山行 （一九九五）

紅雨復黑雨，連朝天若漏。茲晨稍一停，山行聽玉漱。
樹杪見新泉，分流竄左右。慎步涉蹇裳，衣濡足濕透。
騰雲翻異采，發風刮塵垢。綠坪添鑒光，老木垂新蔦。
天地欣洗甲，噫氣自歡媾。吾心亦如洗，清明知先後。
陶然保太和，利貞運輻輳。

行事 （一九九五）

問天難解惑，辯理孰當然。瀟灑行吾事，神仙亦惘然。

九龍仔公園 三首 （一九九六）

（一）

誰鑿青玉案，端放市廛中。呼吸通帝座，雲煙繞秀叢。
興來每獨往，便旋沐清風。養體貴小勞，運動契神通。
疾行忘物我，遠近無異同。擷取朝氣美，生意自玲瓏。

（二）

碧岑鬱佳木，快綠入懷抱。眾鳥息其中，呼伴迎旭杲。
山麻騰數仞，適意在叢葆。鸜鴿逐雌雄，間關繞樹杪。
逸籠兩相思，惶悸猶未了。方圓一畝中，棲止多凡鳥。
遂使棲堞鴉，高枝啅明曉。

（三）

古賢多愛花，梅菊尤以稱。匪獨賞其榮，且以寄幽興。
我亦愛花人，格調頗庭逕。雅俗皆愜意，春秋輒諷詠。
圈地結為圃，蒔花常明靚。三月杜鵑開，血噀壓坡徑。
六月蘭芷芳，止鼻久涵泳。驚豔秋海棠，婀娜吐數莖。
濃淡洋紫荊，天寒應誥命。馥郁各挺枝，牽衣同慧性。
請問遊園者，花語可曾聽。

讀程遠三集用佐瀚韻（一九九七）

舒鬱心聲結集三，會文講學一肩擔。
胸中丘壑樽前驗，筆下珠璣袖裏探。
放論雄姿吾道廣，覃思高唱眾生參。
奚囊近有新蹊徑，共治冰蟲作夏談。

抵加有感 有序 （一九九七）

序：丁丑暮春，余遷籍加國，居雲城月餘，嶺雪未消，寒雨時作，出無車馬，馮煖為之興歎，路迷南北，王粲難涉遠遊，長日無聊，室居俯仰，遂成律絶若干以誌鴻爪云爾。

春歸秀野夏猶寒，風雨無端入眼酸。
去國艱難同苟活，賦閒容易只尸餐。
過淮枳變餘香散，歎鳳時窮大道殘。
我本天涯求勝著，莫從一局較悲歡。

高貴林（Coquitlam）遠眺太平洋

曙月驚鴉日又翻，近人禽語報寒溫。
雪凝峻嶺終年白，風過高原古柏喧。
夷土豈宜栽老木，天涯復爾負黃昏。
登臨容我東南望，淼淼難分上下門。

穀雨日近暮登本立比（Burnaby）公園梅徑

二首（一九九七）

（一）

夾道崢嶁遠世塵，長松迎送更殷勤。
空山莫織羅浮夢，一徑梅花似故人。

（二）

鐵幹冰魂開局奇，風光獨領百花時。
粉霞爭暖回新綠，素蕊飛香入夢思。
可有山陰鳴鶴子，誓要輪月卜佳期。
林家處士今何在，擬續先生雪後詩。

春盡日夜登梅徑花已盡落（一九九七）

梅林寂寂夢迢迢，獨坐空山月影遙。
嗟我來時香已歇，慰存杯酒不須邀。

小樓（一九九七）

一夕風波白髮滋，小樓夜雨報籤遲。
瑤台露冷雲先散，繡幄圍燈夢轉痴。
腸斷秋心荼比苦，緣慳隔世著難知。
當時若解寧馨意，別譜相思換詈詞。

回歸日即事（一九九七）

媚郡明珠合浦還，地垠猶是舊江山。
一花歷劫仍香暖，兩制紆謨見妙嫻。
助順天心爭日月，登壇新印慎躋攀。
炎黃有夢期終濟，整頓乾坤百尺竿。

夜歸（一九九七）

細雨飄燈獨自歸，茫茫四野一身微。
臨歧不辨東西路，坐看橫空大火飛。

暮春（一九九七）

東風浩盪送韶華，一晌天涯苦憶家。
寂寞花時傷日晚，細看不是去年花。

美加車中（一九九七）

半壁橙紅半粉藍，排雲斜矗似懸帆。
遠山迤邐蒼茫處，一片黃燈入暮酣。

中加文化論壇仍有以清代後宮為講題者殊失時宜 （一九九七）

論壇通義在交融，本末難分敢苟同。
開放於今十七載，抱殘猶自說深宮。

時雨 （一九九七）

潑墨滿雲衢，淺深寫畫圖。
天公無腹稿，疏密自涵濡。

雲城宿霍二宅 五首 （一九九七）

（一）

綠茵夾道靜無塵，日暖風輕鳥過頻。

一架紫藤初解語，也垂絲蔓欲牽人。

（二）

虬松屋角撐青空，地錦盆栽次第紅。

傴僂獨憐楓老本，一陽劫後待春工。

（三）

朝霧夕霏山外山，波光帆影水雲間。

長洲靜卧蒼煙裏，時有閒鷗自往還。

（四）

兩無畛域坐開襟，一榻相邀雅意深。
好是夜闌風定後，滿窗松月瀹禪心。

（五）

世情雲雨日推遷，鴻散東西亦偶然。
捕得千千心結意，江湖倩影伴華巔。

寄內 八首 有序 （一九九七）

序：丁丑三月抵加，美美小留十日即以事先歸，余棲遲月餘，午日沉彩，離夢乍醒，操觚急就，爰成八章，無復措意次第矣。

（一）

催詩淡墨記柔情，別後春深第幾程。
不寐星辰猶昨夜，枕邊尚覺有微聲。

(二)

非關夜雨損宵眠，客夢何曾有上籤。
莫笑疏慵耽午睡，相思花月一時牽。

(三)

解道長安玉臂寒，搴帷凝佇淚欄干。
莫將今夜鄜州月，移入閨中只獨看。

(四)

薄薄羅衣嫋嫋姿，芙蓉笑靨透胭脂。
知機鶯燕藏深樹，第一銷魂夏午時。

(五)

我所思兮在遠岑，歸期細數更沉吟。
移居未慣愁滋味，新夢偏多入曉侵。

（六）

瀲灩晴波映翠條，幽禽飛逐入雲霄。
春來一片橫塘水，不載相思到謝橋。

（七）

星火橫飛去不回，參商夢阻淚成灰。
鵲橋自有仙家恨，未抵人間一倚偎。

（八）

猶記叮嚀十疏時，尋常瑣事費三思。
青禽傳語多珍重，補畫榴花五月眉。

初發滿地可（一九九七）

輕車當午發，長路復棲遲。
秀野馳經眼，雲山自賞時。
鳥知晴雨意，水映碧寒姿。
想像今宵榻，狂歌舞鳳池。

秋夜 二首（一九九七）

（一）
夢落睡魔退，心魔驅又來。
玲瓏湖上月，皎皎入樓台。

（二）

桂影方斑駁，秋雲陰復晴。
天人都入夢，一月獨傾城。

斗室

斗室難容我，蕭牆竟及書。
惜陰時獨往，祭獺每稱娛。
抱一無冬夏，棲神復本初。
不堪言改制，怫鬱愧三餘。

九七回歸日有見英旗降下而泣者（一九九七）

明珠合浦回歸日，海內騰歡奏凱時。
翹首百年湔恥夢，孤臣何事泣降旗。

禮賓府夜宴（一九九七）

扈蹕嚴宵戒，霓虹掩夜城。
雨露沾新翠，管弦憶舊情。
鼎食多甘旨，朱欄閱廢興。
天門今浩盪，玄箸腆昇平。

暮春重經前督轅（一九九八）

日暮羣芳静，風微晚浪平。
碧山堆玉閣，老幹布朱櫻。
孤鶚雲間落，初蟬竹埒鳴。
不知歌舞歇，喬木正遷鶯。

戲和佐瀚重訪倫敦大學門前原玉　三首（一九九八）

（一）

五湖舊夢卜佳期，老去情懷壯語稀。
炎風萬里波瀾闊，一船煙月且題詩。

（二）

桃葉當年共許期，蘭亭鳳老襪塵稀。
疏狂卅載閒風月，畏讀河梁酒後詩。

（三）

金風玉露負心期，塊壘巉嵒酒漸稀。
一角東籬開晚菊，不妨三徑老耽詩。

牽藤答松檜 二首（一九九八）

（一）

天覆何心雨露偏，向陽草木得春先。

伏行未許甘居下，故藉君身抵死纏。

（二）

羨君高舉薄雲天，上界風光在眼前。

願爾提攜多假借，夤緣我亦到層巔。

青馬大橋（一九九八）

超海能終濟，陰晴氣象雄。龍飛騰上界，鼇斷瞰幽宮。

舟楫通諸國，觀台尚旅風。休提泥馬事，人力有神通。

永聲以近事不豫慰之以長句（一九九八）

消息俄驚意減加，自攜因果自攜花。
涸魚失水求升斗，駿驥無時畏坂斜。
休論才華原不負，重來泥爪盡堪嗟。
尺捶日取知長短，合向青門種棗瓜。

華夏園丁迎九八上海聯歡記事七絕　二十四首　（一九九八）

初抵上海

昔日南奔今北征，望中猶記春申城。
天工人代非虛語，滿眼芳菲伴我行。

開幕式

芬芳大地挺奇葩，五百園丁共一家。
攜手躋攀新世紀，幼苗茁壯展風華。

研討會

育才興國鐵肩擔，大業千秋美夢酣。
天降人才非一格，誓教愚智青於藍。

閉幕酒會

歌舞良宵歡意稠，芳時荏苒更難留。
來年冬暖君牢記，南徙濠江續勝遊。

表揚傑出教育工作者

師道艱難自古然，精勤幾見地行仙。
雞鳴風雨移山志，三老登崇北斗懸。

七寶中學論壇

白虎鵝湖史冊尊，微觀宏視探根源。
琢磨幸有他山石，七寶場中費細論。

成功教育

成功教育在成功，妙語拈來意氣雄。
悟得一乘真法乳，滿天花雨度童蒙。

贈胡述智副秘書長

薄俗通情實事求，謙謙學部意綢繆。
尋常憂樂先天下，老至不知已白頭。

贈俞玲萍女士

溫文爾雅女釵裙，巨細無遺更廣聞。
七日不知身是客，高情恰似酒初醺。

閘北少年活動中心有傷殘學員擅書法不讓老成

自然厚重筆方嚴，轉使分明似快鐮。
駢指苦心蹊徑外，墨林佳話一時添。

蕃瓜弄小學國樂表演

轉軸按徽十指勞，颯然眾響叶松濤。
新聲洗盡凡塵耳，驥子初鳴古調高。

上海中學主題班會

破立機鋒法度深，各言爾志見胸襟。
回看樹杪西沉月，莫負凌雲一片心。

註：明紫柏老人集：「知行合一之旨畢竟如何？即是曰：『回看雲樹杪，不覺月西沉。』」

劉文華教育論文集讀後

淨化濁流願不凡，五心慧力妙機緘。
高瞻闊步爭朝夕，字字珠璣着意嵌。

前店後校職訓

孔聖少年能鄙事，揚雲小技恥文詞。
體殊豈可一衣稱，百業同功各職司。

捐校冠名蔚成風尚有感

富能敵國四方緣，教育騰飛莫吝錢。
庠序於今冠姓氏，誰言高義不宜宣。

夜遊外灘

濱徑幢燈照霧堤，江聲如夢月華迷。
夜寒不礙溫馨意，細語綿綿挈子妻。

重過九曲橋

眼底滄桑漲落潮，寒波凝碧黯魂消。
蕭蕭柳色依稀夢，徙倚闌干說六朝。

註：一九四八年曾小住上海遊九曲橋。

豫園觀魚

巉巖奇石置橫塘，結隊逍遙自放塲。
唼喋東西忽散去，蒲蘆波底靜潛藏。

上海博物館

國工國器盡包羅，體態斕斑協太和。
古意世人多淡薄，吉光容我細摩挲。

滬寧高速公路途中

車外空濛雨苦濟，吳山如夢水雲間。
江村臘月無農事，寥廓千家各閉關。

初訪蘇州

煙樓雨寺到姑蘇，處處園林似畫圖。
花石有情吳語軟，三生能住一生無。

雨中遊虎丘寺

雙林暮雨浣征塵，放眼樓台一塔真。
曲會風流無覓處，佛前頂禮問迷津。

除夕遊寒山寺

江楓漁火沓無蹤，為有碑廡興轉濃。
禪客多情留我住，千金勸買子時鐘。

留園口占

薄寒摧雨不辭捫，古木蕭疏夾徑喧。
淨石溪旁供小坐，抬頭頓變一乾坤。

牛蛙 （一九九八）

溝渠冥寂穴，卑污水與泥。牛蛙潛幽處，不羨近雲霓。
今夏霪雨盛，淵躍出斜蹊。縱橫布方陣，蹲伏老幼攜。
鼓吹不成調，合歡疊連諧。避勢鳥升樹，瞠目眾驚睽。
十載始一覯，拂性無端倪。昔聞物從類，天地賴依齊。
抑或物極反，司晨啼牝雞。斯理審未辨，鳴金突含枚。
似有施令者，首尾鎮相隨。瞬息入渠中，殘雲捲叢堆。
隔樹來雙帶，驚訝但暗窺。縮項戀枝上，躊躇不敢飛。
須臾晝昏黑，風雨復晦迷。

秋日過黃花崗　（一九九九）

烈士填溝壑，風雷動九垓。
亦知今日死，所念兆民哀。
四野層陰重，三秋義氣摧。
鬼雄無一語，誰薦菊花杯。

重至青島故居　二首　（一九九九）

序：己卯暮春往濰坊參加風箏節，事畢赴青島小住童年梨栗日月居，諸感慨繫之矣。

（一）

涼雨吹襟半夜風，門庭如夢寂寥中。
年來苦憶清香地，一徑荒荒蠟影紅。

(二)

層樓綺筵記圍鑪，坐飲歡聲酒不孤。
五十一年離別夜，誰知此恨比秋荼。

重訪明德母校

昔列門牆多友師，重來垂老再尋思。
挈囊阿母攜兒至，一似當年送我時。

夜過棧橋

夜雨沉沉海氣腥，潮音驚夢伴燈青。
棧橋寂寞春風冷，未許閒人釣淺星。

註：時棧橋維修中。

訪紡兒園

彩袖白衣笑語盈，殷勤一曲意分明。
臨行為卜重來日，共爾霜天聽雁聲。

澳門中華詩詞學會召開廿一世紀瞻望研詩會 （一九九九）

一脈風騷大漢篇，盛哉文會起南天。
詩家勝義須疏鑿，共治滄浪六祖禪。

加勒比海遊雜詩 十首 （一九九九）

太平洋機中

驛馬重關早着鞭，御風鵬背負青天。
星辰遙望寒光冷，矯首洪崖拍兩肩。

輪中即事

碧海長天恣壯遊，風光旖旎大西洲。
樓船鎮日多流賞，一醉笙歌夜未休。

甲板

天地迴環日月浮，艨艟猶似一扁舟。
波痕水色青無極，縱目晨昏侶白鷗。

途中七夕與婚慶同日

鸞曲當年結白頭，雙星烏鵲喜同舟。
金風玉露相逢日，珍重人間九十秋。

處女島（Virgin Island）

匣島如堤迤邐開，天光雲影共徘徊。
滄波泱漭連青嶂，萬瓦紅翻擁翠台。

崑崙婦　並序

序：安提瓜盛產玄石，土著編成項鏈兜售，婦見而喜之，購時多付百圓而不知也。車將發，崑崙婦尋至。叩窗送還，民風淳厚有如斯者。

項鏈勦勦升斗謀，千言勸買只蠅頭。
臨財誰似崑崙婦，留櫝還珠勝冕旒。

乙卯夏熱浪襲美東岸

炎浪焚天夏日長，晚風無力泄殘陽。
陶鈞正待洪鑪火，俎豆人間要熱腸。

馬甸尼島（Martinique Island）

高原雨帶鬱蕭森，野鳥相呼隔綠岑。
溪水自流山自轉，空中萬竅鼓元音。

巴比達島（Barbuda Island）

一徑陰陰綠漲天，蘆林風過語相牽。
翠微寂寂朝暉靜，時見玄禽破野煙。

安提瓜島（Antigua Island）

曲肱長沮控深灣，迎客英雌盡素顏。
廢壘殘碉憑弔處，櫪中猶有舊征鞍。

夜宿八字島柏嘉小築 二首（一九九九）

（一）

島角樓台半掩扉，羣鷗掀舞海門飛。
暮雲萬里鋪天錦，新月生潮水漸肥。

（二）

風偃松梢月上遲，潮音澎湃湧心脾。
蟲聲奪夜欺鄉夢，獨卧清宵看斗箕。

天津小交會酬宴 （一九九九）

梓里情深折柬邀，雲程真似挾山超。
騰飛有道紓籌策，經略爭鋒動斗杓。
揖讓鄉親無苛禮，殷勤杯酒壓春潮。
茲行端卜豐年兆，瑞雪初飄大地嬌。

初至薊縣（一九九九）

朝驛奔馳旅思新，薊門投跡際芳辰。
襟喉自古為屏障，庠序於今出鳳麟。
掛月不辭良夜醉，野蔬更是故園親。
盤山別有蒼深境，留待秋風一欠伸。

註：高考狀元是年出自薊縣。

清東陵（一九九九）

一徑平蕪路鬱盤，東陵華表歇征鞍。
晴浮佳氣羣丘靜，雪壓松枝日影寒。
野老招搖饒掌故，繼碑弔詭隱疑團。
蓋棺毀譽憑人說，莫向空山覓鳳鑾。

津京途中時方召開第九屆人大（一九九九）

燕趙雄關古霸圖，平郊淡盪漸菁蕪。
羣生慷慨縈新夢，雙闕綢繆待合符。
錦繡變中餘故壘，魚龍海上舊沙梟。
雲旗仙仗儼然在，虎豹高岑莫叫呼。

弔津南奉直戰場（一九九九）

又見中原付劫灰，九河莽莽動風雷。
鯨鯢分剖摧殘盡，鷹隼盤飛雜遝來。
羹沸蜩螗生浩歎，兵傷黎庶泣空壘。
乾坤一擲嗟魚爛，莫諉東師是禍胎。

庚辰元旦有感（二零零零）

千禧慧日見天心，甲座寒香徹骨侵。
大野龍吟爭博弈，九洲誰主看浮沉。
眼中柯爛翻新局，夢裏蘭馨聳玉簪。
一念平生圓善意，靈犀自抱聽牙琴。

艾琳競民浩源學成歸航喜成一律（二零零零）

頭地於今讓後生，梗柟楩梓盡豪英。
寸心矢奮凌雲上，大器何須待晚成。
遙想天涯勞案牘，歸來高議已專城。
龍門慎躍須珍重，看爾扶搖九萬程。

虎門懷古 （二零零零）

弱草驚飆晚嘯哀，虎門上下遍高桅。
百年重險今猶昔，短夢酣歌利是媒。
大海迴瀾原不障，野藤覆樹懼全隤。
神州管鑰知誰掌，慚愧圻牆古炮台。

註：虎門走私猖獗。

辛巳夏偕婦乘千禧號郵輪遊地中海歷經伊士坦堡亞歷山大港科西亞雅典那波利羅馬尼茲巴塞隆拿諸地（二零零一）

一舸浮碧汗漫遊，煙波浩盪掛三洲。
天吳先導羲和御，老龍鼓浪龜鰲謳。
千禧郵輪輪奐美，軒檻翬華寡其儔。
地中海國夏方溽，休暇俛仰殊優遊。
驕陽裸炙鍍膚色，聲聞無礙入冥搜。
冰飲橘柚祛燥渴，迴廊憩坐聽箜篌。
霓裳妙舞雜諧謔，幻法似與鬼神謀。
清談諮諏天下事，亹亹頓解杞人憂。
虎臂搖錢賈餘勇，呼叫敵愾盡同仇。

殿宇競誇禮宴盛，九枝燦爛珠垂旒。
彩雲翠羽迷蛺蝶，玄腰雪袖倜風流。
水陸八方羅珍異，鸞刀精細烹牛鰍。
魚子鵝肝啜食指，甜白乾紅齒頰留。
朝起遠浦凝青紫，橫煙曖曖隱虛舟。
俄而盡放樓台出，招手匝空來白鷗。
紅鏡沉西呑黑水，悄悄青天上銀鈎。
爾我不成三人影，唯見天際羣星浮。
茲行歷覽古文化，頽陵圮殿壯荒丘。
寶跡滄桑漁樵話，盛衰天壤竟何由。
族類伐異終皆異，魚爛天棄難庇庥。
過客行樂不復哀，但獵心影入鏡頭。

挽林佐瀚（二零零一）

臘前覿面意相親，忽報春寒失故人。
一字啟予誠可寶，十方仗義孰能陳。
贈詩尚在鐫心疚，雅論爭推在耳新。
重讀遺編翻忍淚，溫溫謦欬鬱輪囷。

除夕深宵買花（二零零一）

飲罷屠蘇興尚饒，二更猶趁賣花潮。
蕙蘭初綻宜清供，一剪湘靈伴寂寥。

過雲巖寺塔林 （二零零一）

半畝蓮花地，沉埋幻滅身。
碑殘留歲月，斧赦老松筠。
凡鳥聞禪至，疏鐘語籟頻。
秋山催暮鼓，應谷一聲真。

哭周百祥 （二零零二）

大風無力負鵬摶，夢斷城西意獨難。
一壑浮沉空荏苒，百端行止入辛酸。
綢繆每憶連牀話，胼胝何堪戒曉寒。
不見招魂思痛哭，青山何處酹心肝。

周莊途中遇雨（二零零二）

繡野春陰柳漸長，踏青時節杏初黃。
翻寒向晚瀟瀟雨，送斷鶯花十里香。

重過濠江南灣因懷佐瀚 三首（二零零三）

（一）

詩酒天涯復幾人，當年吟唱啟斯文。
舉頭一片南灣月，賸有清光說夢塵。

（二）

憐才傾淚夜燈深，忍向高山問斷琴。
兒女情懷都已矣，千金莫贖廣陵音。

註：佐瀚主持綠邨電台「少女情懷總是詩」節目。

（三）

粵海濠江一瓣香，深珠師友論文章。

筌蹄啟鑰彰來學，安得名山為爾藏。

百城赴加講學賦詩勉之（二零零三）

磊落多奇策，深沉自上才。忘年休論輩，折簡且邀杯。

壯志懸星劍，春風細剪裁。錦帆湖海去，一舉起驚雷。

芥舟（二零零三）

堂坳杯水芥行舟，無礙逍遙自在浮。

應笑御風九萬里，鯤鵬六月始能遊。

濰坊國際風箏節（二零零四）

一線能牽萬國情，魚龍漫衍九霄清。
須知要到高風處，方悟鯤鵬六月程。

青濰高速車中

青皋翠浪菜花黃，雲盪風高野樹蒼。
穩坐車中耽午睡，繁香吹夢入濰坊。

抵青島機場有感（二零零四）

一別迴腸五十春，重來煙景序時新。
鄉音乍聽滄桑後，詰屈猶需索解人。

溫哥華荃中校友招飲（二零零五）

黌宮海壖喜同遊，荏苒天涯意更稠。
今夕相逢俱雅健，深情款款在高樓。

志清志明兆源國池正權多倫多留酌謝答（二零零五）

風義友生四十年，分襟期許意相牽。
魚龍鼓盪江湖夢，消息行藏錦繡篇。
孰謂扶桑無樂土，還看禹甸着先鞭。
平安正是金丹訣，放眼韶華共勉旃。

近況答多倫多諸友

蹤跡如今放浪遊，逢迎陪對喜全休。
陳篇已慚蹉跎廢，藥囊端須早晚酬。
後素餘生同繪事，老懷伏火任虛舟。
寬閒自取宜人處，獨卧秋山聽水流。

多倫多荃中諸子招飲

二首　（二零零五）

（一）

當年桃李夢逡巡，移徙天涯布實新。
今夜多情添故事，殷勤問訊共相親。

（二）

東西莫道雲山阻，萬里相逢盍把杯。
淺酌稱心消短暑，坐看明月上樓台。

穿梭 （二零零五）

溫城秋雨苦連綿，萬里陰旻不見天。
蕚綠紅鸞俱有夢，穿梭獨抱海雲眠。

乙酉除夕青衣商場雜詠 四首 （二零零五）

（一）

十里洋場不夜城，人潮如堵月初生。
今宵且共桃花醉，一束千金也動情。

(二)

張燈結綵慶年豐，爍爍霓虹萬盞紅。
買得春風長富貴，相攜老幼樂其中。

(三)

燈幻迴廊五彩流，金銀氣湧物華稠。
琳瑯錦繡炫心目，試罷紅衣試紫裘。

(四)

睥睨高低氣趾揚，左旋右轉鼓鏗鏘。
南獅雄武北獅俏，口吐高青叶瑞祥。

先慈棄養三年忌日祭奠墓前感賦　五首　（二零零五）

（一）

天風淡淡海茫茫，石磴縈委四野荒。
久立墳前無片語，寒花一束薦心香。

（二）

陟彼林崗野露淒，墓門春早草初齊。
祭餘未忍匆匆去，一路荒山杜宇啼。

（三）

棄養猶思奉養時，持家儉約慎錙銖。
耄年未許多閒逸，學注洋文喚女廝。

（四）

手顫肌枯步蹣跚，晨興進學到三竿。

枕旁玉屑追風雅，翻檢都忘簡帙殘。

註：有藝文舊剪貼甚多。

（五）

輪椅園林日往還，從容暇豫自閒閒。

朝聞能聚風言客，娓娓談來眾解顏。

秋日重經青島南市故居（二零零六）

重來忐忑暫相趨，滿目淒涼未敢呼。

梨棗空餘初學夢，垣牆猶起暮啼烏。

百年侯第今誰主，萬事黃粱一注孤。

悵觸沉思休問訊，城南路轉自趑趄。

註：故居原為遜清貝勒府第，北伐後歸先祖所有。

登泰山 （二零零六）

岱宗天下重，元氣壯海表。
雲霞依日出，峰巒連地窈。
飛輿渡空翠，仙居望縹渺。
登臨窺造化，天雞鳴旦曉。

自煙台歸蓬萊秋雨傷農十四韻（二零零六）

朝發燕台驛，歸心飛羽翼。大地凝秋陰，亂雲翻墨漬。
巖谷望空濛，田壠無作息。春夏苦久暘，蛟龍潛幽蟄。
倏忽綻輕雷，簷前初淅瀝。甘霖隨風降，泥軌車印跡。
流濕漸成窪，迷樓隔煙冪。寒鳥縮項立，蛙鳴起蓬荻。
眾生皆所喜，老農獨憂戚。仰歎日色死，冬麥成荒植。
天心果眷民，雲雨應時錫。祈福敢奢願，唯求天司職。
來夏秋穀盡，青苗那堪食。野望止踟躕，人景倆愁極。

棲霞牟氏莊園謁牟宗三紀念堂 （二零零六）

鑪峰侍坐老門生，來拜師尊沐我情。
三統後昆傳法乳，二分垂教啟長庚。
相忘湖海魚龍戲，料理乾坤咳唾成。
不悔暮年歸未得，等身著作起元貞。

秋雨登蓬萊閣 （二零零六）

飛甍傑閣倚天開，氣壓滄溟亦壯哉。
氤氳欲翻龍穴雨，鯨鯢猶護水城隈。
仙緣道力丹梯遠，貝闕珠宮幻影來。
萬壑蓬山空惆悵，西南凝望酹心杯。

註：外祖歿後歸葬閣西南山中。

登州戚繼光祠（二零零六）

風雕霜斲倚晴空，勛業旌坊在眼中。
韜略甲兵驅十萬，東南龍戰貫長虹。
庭前武備常山陣，壁上詩篇大漢風。
遼事未平猶扼腕，水城干羽枕琱弓。

畬煙（二零零六）

百里車中日影蒙，畬煙向晚散低空。
丘陵濯濯西風裏，墟里秋晴在霧中。

濼水（二零零六）

淤泥積厚黑漚浮，岸草塵淹盡偃頭。
治水修渠非我事，忍教濼水不成流。

果攤（二零零六）

富士盈筐置路邊，秋陽果熟摘新鮮。
村童厭那書無味，卻動心思學賺錢。

丁亥夏八月遊夏威夷諸島賦絕句十章簡舟中諸友（二零零七）

檀香山長灘

極目晴雲雜雨雲，長灘雪浪掃千軍。
休暇日醉椰林下，臥聽旖歌動草裙。

假日村夜行

樓台傑構起連雲，蘿月生虛夜氣薰。
篝火微明通曲處，滿園蘭卉散奇芬。

草裙舞夜秀

荷荷嗨嗨步蹁躚，急管繁弦入耳顛。
柳擺花顫星采動，銷魂島女惹人憐。

可納（Kona）咖啡園

過午陰雲如有信，隨風含潤日日來。
島人但說香啡靚，為勸殷勤進一杯。

嚮導云夏島米珠薪桂土著生活殊艱非樂土也

碧海青天世外天，清歌曼舞地行仙。
可憐歸附真非偶，一屋立錐十萬錢。

那維利維利（Nawiliwili）古燈塔

一塔巋然曲沮邊，歸帆曾此接遙天。
洄瀾不管人間事，日伴飛禽說偈禪。

希噜（Hilo）火山遺址

十里方圓盡劫餘，荒丘野鳥自唏嘘。
山靈亦有傷心恨，化作輕煙薄霧歔。

茂宜（Maui）登獨峰遠眺

雲雨空濛曲徑幽，孤峰巑岏壓龍湫。
茶亭一嘯風吹帽，豐草長林散客愁。

舟中夜見火山溶巖入海

閃鑠朱殷映夜沉，火巖奔海日駸駸。
天公何意經營苦，另鑄輿圖扭六王。

山中酒店

一路青山鬱翠空，驀然客舍坐玲瓏。
何時軒榻客人卧，徒倚花籬試晚菘。

藍色多瑙河畫舫之旅絕句 十六首 （二零零八）

（一）

初抵布拉格（Prague）適逢結婚紀念日

四十四年今夕何，結褵攜手唱鸞歌。
鴟夷試向天涯繫，指爪江湖秋水多。

（二）

布拉格路旁酒家晚膳

琥珀深卮壓酒香，胡姬列饌雜丹黃。
微燈暗影柔情夜，疏雨寒風暖意洋。

（三）

布拉格查爾斯橋（Charles Bridge）

一水東西迤邐開，鷗閒鳧靜共徘徊。
樓台隔岸參差起，處處紅簷入畫來。

（四）

德捷邊境無警衛安檢世界同夢其庶幾乎

馳道西行盡坦途，煙蘿遠樹接平蕪。
邊關過處無人問，盟體相通萬世模。

（五）

舟行至慧亭堡本篤會修院（Welltenburg Monastery）

白雲碧水靜朝暉，瀲灩晴光入翠微。
古殿登臨寬眼界，老僧方外說天機。

（六）

三河（Inn）藍色多瑙河（Blue Danube）易澌河（Ilz）交匯巴蘇（Passau）成詠

殊源三水匯成流，清濁還從一望收。
百里波瀾憑壯闊，奔騰直到海西頭。

（七）

巴蘇（Passau）渡口

水連山斷市生塵，江樹晴懸兩岸新。
棹往棹停看過客，不知楊柳贈何人。

（八）

屈堠谷（Wachau Valley）舟中坐眺

兩崖疊翠互縈環，百里舟行猿鳥閒。
僧院碉樓憑弔處，鈎沉搜秘古斑爛。

（九）

深宵雨霽甲板小憩

不辨風聲與雨聲，舁牀箕卧解初酲。
夜闌月魄中天起，掩映村燈動我情。

（十）

莎士堡途中導遊云是仙樂飄飄處處聞拍攝地

山麓陂陀似畫圖，濃裁淡剪嶄新摹。
人間清境焉如許，願借時空策小驢。

註：英文學家史提芬遜（R.L. Stephenson）策驢徜徉於歐陸山水間，歸成策驢遊記（Travels on a donkey）

（十一）

端斯坦昔為苦修會院址今成酒堡矣（Durnstein Vineyard）

蘆岸捨舟草徑長，葡萄晚熟正登場。
伽藍僧去歸新主，翠袖攜樽勸客嘗。

（十二）

虎壘埂（Heurigen Wolff）夜宴

美酒胡姬杯復杯，月華燈影喜相陪。
左旋右轉霓裳夜，一曲急弦入夢栽。

（十三）

維也納聖士提芬大教堂（Vienna St. Stephen's Cathedral）

尖塔巍峨上聳天，圓龕直柱鬼神鐫。
蒼生莫問浮沉事，誰把江山付女權。

（十四）

紐倫堡（Nuremberg）第二次大戰國際審判紀念館

序：紐倫堡國際審判法庭本意為國際戰爭建立一公平、公義之審判機制，然二戰後，韓戰、越戰、中東諸戰以至非洲、東歐種族屠戮，無不假自由、民主、人權之名，以掩飾其侵略醜行，固無公義可言，良可歎也！

獨夫經武賭乾坤，種族陵夷憒鬼神。
世法原非公義論，異哉亂世現麒麟。

（十五）

布達佩斯（Budapest）路旁食肆

東嶺西原一水連，橫江橋索接遙天。
古台野店煙花夜，杯酒同斟月正圓。

（十六）

匈牙利農舍午膳

香篸彩袖老紅妝，酹酒雞豚勸客嘗。
庭除寂寂花階靜，伶俜獨伴犬兒忙。

己丑元旦（二零零九）

甲曆驚翻又換頭，春風未展枕寒流。
雲開佳氣迷山色，日靜羣芳媚玉樓。
更事漸多寧用卜，清心無待不須謀。
年來懶賦滄桑感，枕有奇書自敏求。

台灣八・四風災雜詠　八首（二零零九）

（一）

跨海狂風虐，烏雲踏沓奔。
號咷一夜雨，泥下百冤魂。

（二）

青山斷如斲，屋舍似舟浮。
不辨東西路，縱橫亂水流。

（三）

奔湍連谷壑，土石利如金。
不信桃源地，一村竟陸沉。

（四）

阻隔無音訊，哀鴻引領望。
可憐千里外，羣公築室忙。

（五）

天公不恤民，人力何其辛。
萬劫瘡痍地，遷居問鬼神。

（六）

春雨潛潤物，秋雨滌煩襟。
人稱上善水，何意負初心。

（七）

耶釋山門異，與人方便同。
福包修正果，景仰布施風。

（八）

天道本遠復，仁義氣有常。
作俑移山者，賈禍與皆亡。

中國派遣三艦護航索馬利海域

（二零零九）

海寇今猖獗，逍遙法外天。
王師開武庫，螳臂爁爐煙。
萬里波濤壯，三艘犄角堅。
奠威宣國力，指顧勒銘旋。

註：爁，燒也。

初得孫喜賦二首（二零零九）

（一）

三月青梅告夢蘭，臨盆當在孟春間。
兒降自愛菊開日，橘綠橙黃霜葉丹。

註：降（平聲）。

（二）

七十得孫亦快哉，經年盼望厥心開。
世家待汝傳德業，千尺凌雲看俊才。

朝行（二零零九）

秋日自愛園林色，朝行遊目觀消息。
一徑繁蔭葉未黃，隨風鼓盪爭朝夕。
野鳥槍起去復還，追逐高低自放閒。
遠岫無心擁雲出，莫化蒼狗笑人寰。

七十生朝閒步（二零零九）

七十猶堪步履輕，昨朝風雨今朝晴。
老夫亦是多情客，花鳥關心總記名。

入小樽港口號（二零一零）

隱隱波堤靜水圍，朦朧寒日破山扉。
輕舠客與峽門過，海鳥迴旋共影飛。

廢置運河（二零一零）

開鑿邗溝接海流，當年曾此泊番舟。
傷心最是堤邊樹，猶對西風說暮愁。

初抵海參崴有感（二零一零）

東略鯨吞到海濱，熊羆斯土舊疆垠。
於今國界爭尤烈，樽俎還須仔細論。

海上傳奇號日俄海遊

三首　（二零一零）

（一）

函館朝市

朝市濛濛雨腳齊，濕雲勝踔壓天低。
和風小篋多滋味，海膽尋來脛滿泥。

（二）

函館倉庫區

明治洋場舊庫倉，百年陳跡換新妝。
夢華歲月堂堂去，題匾民居看二王。

註：老宅匾額，多作二王體。

（三）

北海道蟹

雪背金毛赤戰袍，高跨闊步自風騷。
可憐海底橫行客，竭澤而漁飽老饕。

庚寅大暑前夕黑雨傾盆建璋銘階及余小敍宏基賓館闊且廿年矣因賦四章奉柬（二零一零）

（一）

颱風方慶西南去，暴雨俄驚旦夕來。
應是人間多戾氣，天公震衍盪塵埃。

（二）

雨串如麻積九逵，街渠泉湧似秋池。

褰裳利涉果民樂，慮始還須問有司。

（三）

霹靂雷鳴雜雨聲，蒼天如晦日潛形。

濕衣沐髮渾閒事，珍惜天涯故人情。

（四）

闊別滄桑會面難，但憑網上報平安。

鑪峰今夕狂風雨，促膝溫溫暖肺肝。

銘階自澳洲歸聚飲金陶軒（二零一零）

總角交情六十年，至今想念意周旋。
淺杯肝膽能相照，往事沉餘又再牽。
一夕燭光疑夢寐，他朝遠道隔山川。
蕭疏鬢髮多珍重，勿用桑榆遨九天。

新加坡（二零一一）

一方蕞爾苦經營，樂土居然舉世稱。
族裔同心爐共冶，小鮮治國吏蜚聲。
揚塵海隅開疆域，植樹郊環變雨晴。
貨殖民生多仰賴，睦鄰籌策慎縱橫。

金沙酒店天閣　（二零一一）

高台掩映照繽紛，歌館笙弦動魄魂。
爽道幽人天不夜，共花伴影看秋雲。

星洲濱海水庫（Marina Barage）　（二零一一）

治水曾聞夏禹功，蓄湟疏導顯神通。
高瞻自有三雕計，莫教清流盡向東。

註：李光耀倡議建水庫以為儲水、防洪、水上活動之用。

區議員選舉見聞　四首　（二零一一）

（一）

陣線漸歸一統樓，親疏清濁要分流。
可憐算盡機關後，種票東窗未掩羞。

（二）

上意何需苦揣摩，剪裁夾帶示嘍囉。
高人自有玄玄策，一屋能藏十姓多。

（三）

搶灘空降賭乾坤，亂局分羹趁水渾。
落定塵埃三百士，幾人濟事幾人惛。

（四）

豢馬風流擅勝場，名心未盡夢牽腸。
金錢村裏千千樹，難買逍遙恨又長。

領結　哀不肖也（二零一二）

年來宦海恣清遊，碧浪雲山一例收。
漏網逍遙開四面，公家輸送啟千憂。
醇紅飲罷餘沉澱，廣屋修成盡謗訕。
應是上林多妙藥，遍栽瑞草便遮羞。

地宮　哀窮奢也（二零一二）

五陵公子日遊醺，甘旨厚醲行地仙。
角逐虛懷貞信色，蔽藏下闈酒花天。
當家真有輕肩膊，徵順都歸一笑嫣。
承意休嫌輸北望，身宮磨蠍早潛淵。

選情二十四韻 （二零一二）

一月東風轉，大選拔民牧。犄角各安營，龍蛇紛起陸。
日近戰鼓催，吮血磨利鏃。建制本同根，豆箕各剝復。
湊興有泛民，局外張一目。朝聞水火場，陷阱禍四伏。
登壇詡愿景，大言花亂逐。月旦銜金簡，民調加額覆。
或云有黃袍，陳橋膺唐叔。或云心術乖，陰戾事鞭朴。
血水分親疏，奪朱非正朔。大勢匯眾流，千呼待嘉福。
嗟哉胡志喪，僭建地宮屋。事發傳寰宇，勢逆如破竹。
一擲挽狂瀾，泄密眾難服。進退全失據，昏瞀黃粱熟。
冷眼察中樞，登薦自謹肅。民望須力挺，誠信歸和穆。
塵埃既已靜，憔悴斯人獨。門客急跳船，棄之如覆餗。
朝發吳越路，暮登齊魯輻。飄雨不終夕，卦變何其速。
痛定應思痛，魚爛取其辱。寄語為政者，焚身身莫瀆。

病中寄內　（二零一二）

昔言執子手，今偕白髮期。倏忽五十載，日月如駒馳。
瞬目含流眄，柔情淡令姿。胭脂華妝薄，窈窕入時宜。
我病亟如焚，善策屢周諮。內則雖曾訓，裏外實兼之。
體勞心更累，受之甘如飴。偶有不稱意，相撫共依依。
得婦難如此，三生灑楊枝。願為晝夜影，追隨自安怡。

病中　（二零一二）

病裏心神鼓浪浮，卧牀靜養待全瘳。
關懷醫護殷勤致，探訊妻孥酉午留。
得失重看成昨夢，痴聾今又種新憂。
臨窗一片蒼蒼樹，風雨晨昏豁遠眸。

消渴漸趨穩定抒懷（二零一二）

清淡餘生撫漸平，莫從甘旨動心兵。
折肱重撥三焦火，細讀南華覺體輕。

四月十七日晨興右聽似有起色（二零一二）

七日類醇耳漸輕，聲聞似覺有微鳴。
回聽腠理楊枝水，書葉風翻仔細聽。

闌外木棉盛放（二零一二）

參天一樹聳霞霄，映日丹心氣正驕。
綠葉莫催驚綺夢，春坡不見火雲燒。

夜望順天樓　二首　（二零一二）

序：居屋，港英之德政也。民安其居，樂其成，是以社會安定和諧，經濟繁榮蓬勃實有以賴之。病中遲眠，遙望順天邨，夜燈明滅，撫時感事，慨然有作。

（一）

樓台燈火暖千家，小户明窗月印紗。
最是夜闌聲寂寂，一彎深樹綠籬笆。

（二）

闢地移山迤邐開，雲間樓閣順天台。
生民幸有安居樂，人頌康哉載舞來。

小園中芭蕉憔悴欲萎代為書憤 (二零一二)

黃蘚紫巾各佔場，芭蕉萎頓葉枯黃。
可憐淅瀝中宵雨，難展芳心一寸長。

病中偶成 (二零一二)

覓句銷長晝，翻書近選樓。
閒情爰易賦，止水欲橫流。
午夢難安枕，晨風任櫛頭。
淺中醫痼疾，橘井拜嘉猷。

四月朝雨閒步聯合醫院小園（二零一二）

疏林隔雨山濛濛，陰霾晨霧封蒼穹。
含煙大地飄氤氳，仰視層崖失冥鴻。
羣雀啁啾縮項立，振翅不飛沐濕風。
初蟬咿啞鳴樹隙，聲澀氣短翼未豐。
我來小園稍延佇，欲從萬物觀盈沖。
陰陽變化互推敚，水火地氣俱為庸。
洪鈞運轉無聲嗅，開闔誰能代天工。
俄而霧散雲飄去，杲杲紅日正向東。

答友人問近況

（二零一二）

迂疏猶是未閒身，日誌蠅頭記事頻。
飲酒無憑尋密友，放歌應許慰佳人。
重溫經卷餘商榷，偶訪林園且逡巡。
況復有孫燕鶴骨，兒詩百首寫精神。

註：有「兒詩集」三百餘首，行將出版。

讀江山萬里樓詩詞鈔續编 有序（二零一三）

序：丁卯秋余自坊間購得江山萬里樓詩詞鈔，喜其不落同光窠臼，取徑盛唐，不知其有續編也。癸巳新春，新市鎮文化教育協會春茗，席中程子中山以其所輯校之續篇見贈，考異校勘，勤劬功深，有足多者，爰為小序以誌因緣。

湖海書生氣，文名動四方。
南溟持漢節，長策輔高驤。
憂患何能已，觚棱祇自戕。
那堪情用老，追憶賦哀章。

高素珍女弟自美返港招飲又一村會所爰成二絕（二零一三）

（一）

歲月駸駸五十年，當時芹藻各爭先。
勉旃不負初心日，駘盪春風在耳邊。

（二）

昔栽楊柳盡青青，閱歷滄桑路幾經。
今日歸來尋故事，不知兩鬢已星星。

既成二章意猶未盡繼成五律一首

桃李天涯別，飄然隔歲歸。
停雲思邈邈，落日故依依。
太息流金過，猶憐舊夢飛。
臨行珍重意，留影記芳徽。

長句壽徐孔泉醫生八十（二零一三）

行藏橘井足徜徉，不住林泉別有方。
上網穿梭開領域，挾囊攬勝走遐荒。
庭前蘭芷瓊枝秀，枕畔詩書雅興長。
八十壯心能飯否，一樽邀月共飛觴。

陳世德伉儷金婚之慶返仰光浸信會教堂重行當年嘉禮儀式，廣邀親友同行歡宴數日，余亦躬逢其盛歸成絕句四章（二零一三）

（一）

賦賀

頭顱着糞卜良緣，滋味甘辛五十年。
今夕三星重執手，夢圓雙影共深憐。

（二）

印雅湖酒店朝行

湖光一頃靜朝霏，兩岸樓台綠翠圍。
曉色微明殘月白，野鳥啼破絳雲扉。

（三）

遊大金塔

梵台七寶俯紅塵，琳宇珠宮轉法輪。
清淨本來無我相，佛陀何事要金身。

（四）

嘉里瑞宮酒家晚宴

門外昏鴉欲蔽天，畫橋水閣引階前。
眾香侍女羅衣薄，如入蓮花閣後禪。

杜拜雜詩 六首 （二零一三）

齋月

曲沮灣前鏡不波，市衢闃靜雀堪羅。
齋期白晝渾無事，旖旎風光日落多。

商場

廣廈連雲日欲曛，摩肩熙攘見人羣。
皂紗半掩紅妝面，一襲玄裳是翠裙。

池畔

熱氣鬱蒸日未高，輕搖椰樹語叨叨。
凱風清曉軟無力，也動粼波亂髫髦。

亞卜扎比清真寺

方基圓拱月精神，拂拭如心不染塵。
聖殿奢華誠美奐，願神張力庇黎民。

沙漠行

顛簸高低左右旋，沙丘起伏漫延綿。
荒村暮色蒼然至，霓舞蹁躚落帳前。

波斯灣

海角尾閭泄一涯，澄波萬里望中賒。
岸沙捲破千堆雪，澎湃濤聲多怨嗟。

時局 三首（二零一三）

（一）

直是回歸積滯稠，滿城横議沐冠猴。
沉沙猶覓前朝鐵，谷口難藏大壑舟。
民意虛訛多假借，夷人睇視豈綢繆。
霜刀安得屠龍手，力挽狂瀾截亂流。

（二）

點將登壇費考量，沉鈎墜簡亂蒼黃。
雞鳴風雨難驚夢，陸起龍蛇竟有芒。
燕蝠時飛爭畛域，冰柯未泮失綱常。
百年彈指滄桑地，大寶還須牧守良。

（三）

眾口咻咻政令荒，周旋力困意徬徨。
焦頭安有匡時策，握髮難邀濟世方。
積散懸殊傷古義，黨朋跋扈履新霜。
艱難未濟輕孤注，剝復天心待起陽。

中司 （二零一四）

兩制分治別一天，銀河碧落不同沿。
中司應愧書雲物，不察妖芒與斗躔。

佔中記事 十一首 （二零一四）

（一）

海不揚塵四境安，一聲號召起狂瀾。
圍場佔路長驅進，童子操刀魘夢攢。

（二）

雨傘蔽空絲帶黃，震天吶喊氣如狂。
中逵堵障無通軌，篷帳連營數里長。

（三）

疾如風火動如潮，慷慨登壇意氣驕。
政改縱橫誰主宰，忍看百業日沉銷。

（四）

以梃殺人非我殺，犯科自首法精神。
詭辭荒謬偏徵信，乖論誅心絕十倫。

註：十倫見《祭統》。

（五）

藍黃壁壘兩分明，慘淡街頭日鬥爭。
民怨難平成戾氣，和諧紙上枉談兵。

（六）

夷治百年莫敢鳴，未聞求索到英京。
親疏不記軒轅血，忘祖應羞作犬鷹。

（七）

民主可爭夢可求，目無法紀究何由。
蒼天未死黃天立，譎詭終疑與鬼謀。

註：外人勢力參與，釀事者甘為虎倀。

（八）

樽俎破冰築室談，是非逕庭北成南。
蒼黃反覆偏機詐，苦口難消社鼠憨。

註：民政司與學生代表會談各自表述毫無成果。

（九）

畫牢執法失先機，力盡筋疲與願違。
養戰遲疑終賈禍，敲山還須立霜威。

（十）

警隊枕戈日夜同，穩如盤石氣如虹。
凜凜雄師民仰戴，堅忍終成赫赫功。

（十一）

惡戲連場技已窮，黎庭掃穴疾雷風。
運籌善後當今計，痛定殘棋在政通。

戡亂讀韓碑有感時事 （二零一四）

芒角妖躔亂紀綱，鑪峰佔據意披猖。
眼中豪傑無都統，誰戡淮南射虎狼。

過白令峽 （二零一四）

風高海嘯浪浮堆，酣舞魚龍夜半迴。
朝日微明煙靄散，荒寒歲月不須催。

入溫哥華外島 （二零一四）

複水重山天外天，風低雲暗暮生煙。
一航擁翠縠紋闊，兩岸人家似散仙。

甲午七月感事 （二零一四）

忽傳東海又揚塵，甲午重翻國恥新。
樽俎盟寒非一日，貞元道革發千鈞。
厚隣構怨心終異，黷武添兵意未馴。
今日神州方踔厲，枕戈戰守逆批鱗。

假難民滯港 （二零一四）

立法便民法所依，締盟自困失先機。
一聲庇護承天運，胡作非為便暖肥。

管治（二零一四）

麻中蓬直不須扶，垂拱黃裳古典謨。
莫信途人皆夏禹，請看孔聖墮三都。

聞懷德有自加回棹意賦寄（二零一四）

謦欬經年隔，音書海外疏。
閒居俱寂寞，老境畏馳驅。
應笑謀長拙，唯宜退守愚。
何時重促膝，杯酒佐羹鱸。

子昇既歿數月始知（二零一五）

學問今何得，夷居不記年。
五車難厲志，一瞬總慳緣。
藥裹欺多病，秋楓併作妍。
泉台如大夢，勘破恐茫然。

孔泉醫師以言寸集相貽賦謝 二首（二零一五）

（一）

趨庭日課記猶新，餘力為詩肺腑真。
往事回甘思慷慨，一篇寵我意多珍。

（二）

出入百家拈句來，批風抹月多情才。
閒居細讀抒懷抱，佐酒遊心更快哉。

重心波（二零一五）

重力曲而申，虛擬假變真。
幻科同一軌，天地譜新頻。

步韻黃賓虹山水橫幅題詩（二零一五）

落花三月潤新泥，浮鼻春牛曲岸西。
牧笛短腔天欲暮，幾番風雨又荼蘼。

懷德自加歸棹走筆戲成 二首（二零一五）

（一）

蕭蕭楓葉作離聲，十載浮槎百感併。
一掬歸心秋水外，翻驚客夢未全醒。

（二）

翻手成翁老歲華，居無定止雁棲沙。
眼中人物今俱在，飛夢軒輊始是家。

育才舊友夜宴歸成長句（二零一六）

頻年茶敍屢攀攜，盛宴今宵氣吐霓。
細膾龍鬚飛白雪，裹鸞鳳脯破紅泥。
星霜荏苒猶尋夢，耳目新鮮易入迷。
遣興抒懷思往日，不妨揮灑唱黃雞。

謁饒宗頤教授於駿景酒家同行者懷德學文景添伯鉅廣和（二零一六）

桃李當年侍坐，春風絳帳雍容。
展謁期頤手采，巖巖仰止誰從。

呈饒宗頤教授（二零一六）

巋然一老鎮南天，絳帳春風不記年。
彈指光陰存碩果，冶心問學命星躔。（註一）
大儒體用被中外，清望曇華在簡編。
孤詣弓裘傳素業，九流沾溉破觚圓。（註二）

註一：南京紫金山天文台發現小行星，命名為「饒宗頤星」。

註二：漢書酷吏列傳：「破觚而為圜」。

丙申冬偕懷德學文景添伯鉅廣和同往港大饒宗頤學術館新書發布會歸成絕句　三首　（二零一六）

（一）

經綸滿腹無言稿，急就蠅頭信手書。
巨帙印成思往事，彷聞謦欬受恩初。

註：饒師講授素無言稿，引經據典，滔滔汩汩，皆在指掌間。同門吳君懷德擅疾書速記，一課既畢而筆記已成，今出其所藏舊稿印成巨帙，誠學林之佳話也。

（二）

石磴迴廊又一程，荷風梅語記分明。
揚眉瞬目桑榆晚，猶向楹屏覓姓名。

註：鄧志昂樓入口楹間有早期中文系畢業同學名錄。

（三）

別後滄桑世幾更，崇樓傑閣盡雕甍。
春風日日吹桃李，頭地還須讓後生。

老態（二零一六）

龍鍾老態鬢髦霜，往事依稀近事忘。
輒睡乍醒時有夢，夢中猶是少年郎。

廢青（二零一六）

餘食猶甘味，企行失至期。
志卑非骨相，莫說世皆遺。

夢中　（二零一六）

白頭猶記少年狂，一曲霓裳翠袖長。
夢裏相逢還惜別，蒹葭秋水隔清霜。

夏曦　（二零一六）

首夏清和曉色開，眾禽爭語報晴來。
朝雲未斂霞先散，獨倚山樓立一回。

鹿鳴春小酌簡港大諸硯友 （二零一六）

庠序當年識典型，桑榆重聚惜惺惺。
雲煙且向閒中說，怪力難邀眼底青。
百戲玩人長醉易，一身藏海素衣馨。
平常俯仰即佳處，莫吝心花置膽瓶。

曉夢 （二零一六）

合睫難眠意尚清，年來睡思久不寧。
漸看簾角窗侵月，生厭雷音寂破聲。
芥子浮舟庸止水，瓊花照影本無明。
為何近曉多奇夢，許是他生未卜情。

拉斯維加斯夜眺 二首（二零一六）

（一）

聲色喧天不夜城，縱橫電火萬燈明。
笙歌處處雕甍裏，醉夢人生又一程。

（二）

儘多歡事任追尋，百劇魚龍銷萬金。
駐足莫耽三宿戀，黃粱醒後果何心。

畫展觀後 （二零一六）

葉侯隱於藝，晨昏觀造化。
萬象本無言，棲神每十駕。
廿年淬劍成，出鞘眾驚訝。
尺幅開蒼茫。老筆抑揚簸。
林壑有清音，蔚然變春夏。
奇石横澗中，洗耳時一卧。
佳木發幽香，蘭竹珠玉唾。
畫意兼畫形，點染皆飛破。
固知妙在人，開紐同啖蔗。
律度誠可用，過此連城值。
我來觀君展，心閒目不暇。
顧盼丹青間，襟袖襲黄麝。

公讌 （二零一七）

卮蹕頒宵戒，霓虹掩夜城。
威臨呼百諾，贊曰喜同聲。
官職成新序，班行半舊卿。
黎民猶企望，九轉待河清。

過琉球有感 （二零一八）

藩島昔歸順，衣冠見漢儀。
中城御享殿，八景尚王詩。
震衍哀時變，迍邅廢血祠。
鳳鳴無返日，敢恨海桑遲。

註：琉球王國尚氏王朝為日本所吞，今存文物多明清遺物。

攜家淳往喇沙小學音樂會（二零一八）

老去憐孫幼，攜將聽管弦。
差肩頻致語，趨步屢相牽。
畫鼓擂驚浪，金聲咽湧泉。
五音通至理，顧盼已忘筌。

千禧號郵輪自溫哥華經北極至橫濱途中雜詩 六首（二零一八）

（一）

輪中遇余煖

海上相逢不自期，殷殷夜語入心脾。
應知別後南天遠，可有虛舟再繫時。

（二）

自錫嘉（Sitka）東行連日陰雨

漚生浪起海橫流，萬里荒寒一望收。
盡日陰陰天似閉，莫將歌舞伴人愁。

（三）

過白令峽遇風

近曉驚濤肆虐狂，擁衾乍醒坐孤艙。
任他風浪身元正，起喚長鯨作護航。

（四）

西太平洋中秋失月

海運逢秋節，倚欄無月色。
深宵鳴笛聲，苦霧欲搏雪。

（五）

近日本海霧散天晴

颸風散積靄，瀲灧海門開。
極目齊煙小，赬霞入檻來。

（六）

經國際換日線

卜舟橫北極，昏旦海為廬。
重霧迷天際，洪濤泄尾閭。
東西成迴向，甲子漫欺予。
亘古荒蕪地，無勞論太初。

牛首山佛頂寺 （二零一八）

日出上方静，雙林氣象雄。
天風秋送爽，野樹葉添紅。
寶塔梵音遠，珠幢法雨隆。
隨緣攀勝地，訝此鬼神工。

山中失路

（二零一八）

朝發牛首山，日朗秋風暖。攀梯登絕頂，禪宮恣周覽。
呼應有前後，魚貫化夷險。趨步趑趄間，交臂竟失散。
初則差毫釐，行行終逾遠。途迷心亦迷，進退生慄惴。
入山雖云易，出山重輾轉。況復日晷斜，歸時恐訛舛。
身疲思默坐，畏人意更斂。聖域有法王，端拱能祓戩。
奈何不張力，助予解困蹇。歧路人間多，佛地何能免。
冥冥思此理，寬懷強自勉。長嘯振我衣，愁雲一笑遣。

登上海寶萊納樓頂（二零一八）

一江抱綠現樓台，獨立開襟亦快哉。
迤邐飛橋供眼處，峥嶸佳氣入圖來。

陽澄湖蟹宴（二零一八）

輕車荏苒到崑山，蟹舫連扉指顧間。
一殼金膏香四溢，不須沽酒醉酡顏。

重讀桃花扇後（二零一八）

樂籍風塵負重名，珠歌翠舞盡傾城。
女子猶思家國恨，莫謂無愁發曼聲。

秦淮河懷古（二零一八）

金粉南都逝水流，燈火掩抑海天秋。
秦淮自古多佳麗，縱解風情不解愁。

輓趙令揚教授（二零一九）

往年庠序事清遊，早現機鋒蘊味遒。
激俗偏能揚正道，興言未敢讓前修。
襟懷磊磊同堅白，識度溫溫孰怨尤。
握手酒酣空有約，畏過陸羽說登樓。

詞集

蘇幕遮　神農溪　（一九八六）

水洄瀾，山聳秀，兩岸猿聲，仰望天如漏。
雨後峰巒舒翠袖，亂石穿流，撲面濕衣透。
說高唐，思夏后，躑躅叢祠，悵望凝思久。
瑤圃仙娥今在否，暮雨朝雲，彈指成蒼狗。

臨江仙　（一九八八）

雨氣迫花香隔枕，屏山遠夢初迴。
情慵意怯錦書催，春心容易老，芳草又萋萋。
九陌驛塵偏惹恨，亂愁何處堪埋。
杜鵑啼過鷓鴣啼，春寒依舊在，風雨板橋西。

南鄉子　夜過香溪（一九八八）

冷月掛前洲，碎影銀波漾碧流。
舊侶夢迴秋水外，扁舟，不載相思載客愁。
衣緩負綢繆，縱誤歸期望未休。
別後湘靈空鼓瑟，凝眸，目斷蘆花也白頭。

人月圓　銀婚（一九八九）

柔鄉珊枕重門靜，看月上斜梢。
煙篆香燼，對牀細語，將半春宵。
情懷未老，容姱金鏡，黛染新嬌。
佳期暗數，芳辰幾度，暮暮朝朝。

蝶戀花　元朗市鎮公園鳥塔北眺（一九九一）

屐破苔痕穿小徑，筋力猶堪，步上招提境。
極目平川開萬井，清歌獨立滄波靜。
久在樊籠誰夢醒？羣雀爭枝，得失錙銖稱。
風雨終朝今乍定，亂雲歸去千山暝。

蝶戀花　別意（一九九二）

金屋玉樓殘夢曉，窗外鶗啼，似訴春歸早。
幾度徘徊花漸老，落紅陌上愁顛倒。
目極天涯情未了，懷袖盈香，寄遠思悄悄。
折盡柳條人已渺，鶯聲莫再添煩惱。

臨江仙 （一九九三）

一霎輕寒添客夢，夢魂飛越重關。
沙鷗疊嶂水雲間，齊煙青數點，吹笛過仙山。
世事乘除隨處有，還看燈火闌珊。
投閒未老倚朱欄，橫江成一笑，揮麈鑄新顏。

浣溪沙　夜宿彬府 （一九九三）

疊嶂重巒黛色圍，拂雲松杉撲天低，亂溪急湍走奔雷。
吹火空山溫舊夢，憩廊絲管負深杯，晚風初放月華歸。

菩薩鬘　（一九九三）

層樓初上玲瓏月，花前絲竹清歡徹，杯淺酒頻添，洗愁不夜天。
永日相思苦，誰憶青春舞，回首莫牽腸，西風怯鬢霜。

南鄉子　渡聖羅棱士河　（二零零三）

呼棹渡楓江，浪蕊浮花惹夢長。
髻黛螺青誰渲染，低昂，卧看天公着意忙。
鷗鷺恣輕揚，浮宅風流勝畫梁。
喚起魚龍歌一曲，徜徉，駘盪蘆花送夕陽。

附錄

永遠懷念王忠義同學

吳懷德講述
梁迭起記錄
二零二一年九月二十六日王校長紀念會

我認識王忠義同學有六十八年，結緣於喇沙書院，中學畢業之後是大學同窗，經過長達大半個世紀的交往，我的結論是，忠義兄人有三高：學問高、人品高、親和力高。我會逐一析述。

我初遇忠義於一九五三年，大家都在喇沙書院讀中二，同級不同班。

我們在籃球場結識，當時我瘦瘦弱弱，忠義發育較早，顯得高高瘦瘦，臉上生幾顆青春痘，還記得他的鈎手與跳投，雖則命中率低，但是工架十足。這樣就開始了六十八年的情誼。談到喇沙書院，忠義對母校可謂情有獨鍾，他、公子與愛孫三代都讀喇沙，王宅對出便是喇沙小學，轉角行五十步就是喇沙書院，看路牌又是喇沙利道。嫂夫人更在喇沙任教多年，如果你們仍認為未彀，兩位公子英文名也與喇沙前校長 Felix、Thomas 一樣。雖則忠義在生時我沒有多問，但這種深厚情意結，自各種蛛絲馬跡可想而知。

忠義為人無架子，極具親和力。我們一眾老同學，每年聚會四五次，忠義於聯絡最樂此不疲，他會親自打電話相邀。或問何不利用即時通訊軟件開設羣組，方便得很，忠義答道致電詢以寒溫，可察悉近況，對方要婉拒也有台階下，其為人深具同理心至此。每頓老同學歡宴，忠義若不提及喇沙舊事，髫齔餐飯未完，意猶未盡，其情深之處可見一斑。

一九五九年九月，忠義和我從喇沙升讀香港大學。我們都讀文科，齊齊到陸佑堂揀科，攜上公開考試成績單以茲證明。我當時排在忠義兄後面，輪到他前面那位同學時，只聽見那位仁兄以英語高調揚聲對文學院院長林仰山教授（Prof. F.S. Drake）說：「我英史成績屬優等（Distinction），是否需要申報。」林教授回答一句：「成績單上已有寫清楚，何用申報！」四周同學為之側目。之後是忠義，說想讀中文和中史。林教授看看他的成績單：「哦，你中史拿到優等！」這下子到我吃了一驚——放榜數月，忠義兄從來沒有張揚佳績，且是自學得優等，難能可貴，可見其謙厚一面。見我滿臉狐疑，忠義自然地露出他的招牌笑容。大學三年，忠義寄宿利瑪竇宿舍，與宿友黃湛森（黃霑）、李柱銘、關以仁、林鉅成等甚是熟稔。他為人活躍，熱中於香港天主教大專聯會活動。利瑪竇宿舍旁的何東夫人紀念堂天主教舍友和校外聯會代表，時常來到利瑪竇宿舍開會或聯誼，嫂夫人當年亦有出現，近水樓台，後來遂結良緣，成一時佳話。

忠義大學畢業後投身杏壇，桃李滿門，成就有目共睹。我不欲多加重複，反而想談談忠義的詩學。忠義昂然山東大漢，詩藝精微格調高。就讀中學時，當一眾同學還在掙扎辨別平上去入四聲時，忠義已通曉詩詞格律，詩作為老師所讚許，青年時頻往學海書樓聽國學講座，又參加詩壇活動，經常問教陳湛銓、潘小磐、何乃文等宿學名儒。忠義大學畢業試縱然未取得一級榮譽，但其詩詞造詣，謂之超級一級榮譽絕不為過。饒宗頤教授於忠義詩作多所稱道，直豎拇指；我更曾聽過牟宗三教授以一口山東腔國語稱讚忠義：「還是我這個老鄉了不起。」

忠義既精長詩藝，我屢次鼓勵他出詩集，他最初說唐宋以降詩人輩出，珠玉在前；後來幾經勸進，他遂勉力為之。幾經整理，詩稿達四百餘首，忠義披燈夜改，殫費心神，我亦為他奔走，邀得何文匯教授作序，並協調出版庶務。到八月二十九號，我帶上序文和詩稿到忠義病榻跟前和他商量，當時他動作已不靈光，邊專注聽着，邊頭側細思，繼而嘴唇微動，囑在旁世兄轉達謝意。追悼禮上印發忠義詩作自鈔本，他定必十分高興。

回想今年八月二日，忠義伉儷和我們一眾老同學在深水灣鄉村俱樂部歡聚，當日忠義精神好，口若懸河，妙語連珠，月旦東京奧運會賽況。距今不足兩個月，自然教人為他的離去而不捨。我們一眾喇沙同學傾談間，歎道忠義任務完成，余獨謂尚欠二字，是光榮任務完成；或曰世上少一個大好人，余則云是天堂多一個大好人、大詩人。

（講述者為香港公共圖書館前總館長，與王忠義在中學、大學同窗九年。記錄者為香港大學利瑪竇堂通訊總編輯。）

（二零二一年九月二十六日）

恂恂一君子

——淺說王忠義校長二三事

陳方

緣起

在字數和時間的限制下寫忠義校長，那真是個難題，除了我對中國古詩詞一無所知之外，他不但是一位典雅的紳士，更是一位百科全書式的學者，如何呈現他的一鱗半爪，煞費思量。既然如此，那為何又知其不可而為之呢？

話說今年中秋節，應校長夫人美美（也是退休校長）之邀請到其府上團聚。當時校長五弟忠信也在，二人再囑我為即將出版的校長詩集寫點甚麼，我秒速答應。提筆時想到，即可能是因為我與校長夫婦的「複雜關係」

而生出的「捨我其誰」的衝動便然吧！

故事發生在很久很久以前。家母受聘來港執教，因人生地不熟，心生猶疑。適值暑假，便帶我和舍妹來港感受一番。其實更想探望難得一見的居港親戚們。

那是一次三代同堂的家庭式聚會。雖然年代久遠，我和舍妹還是中學生，但會中的兩個環節，至今歷歷在目。

其一是環境和氣氛，當時男女老幼齊聚一堂，是我生平第一次面對如此眾多人的家庭，彼此間又是如此熱情和禮貌周到。最吸引我的是他們的語言，有北方方言，南北腔調和詞彙，以及某種富於韻律節奏並具音樂性的話，尤其在眾聲喧嘩情緒流露時，儼然具有戲劇性的效果。相對我們所說的國語，那真是太平板單調了。我當場就迷上了粵語。

第二個環節更有紀念價值。曾聽母親說過與王姨媽家的親誼，而我記得的只是他們是受儒家文化思想熏陶的大家庭。因時代變遷而定居香港，生活方式也隨之現代化了。最明顯的是兒女成家立業後都組織了小家庭。但儒學的修身齊家，父慈子孝、兄友弟恭、夫妻相敬如賓等傳統德育則並無動搖。記得母親還說：「禮失求諸野」，他們繼續在南方身體力行，發揚傳統文化吧！

那天，我確實感受到了這個大家庭中的血脈相連，並有幸成為其中的一份子。往後的一切，都從那既親切又陌生的「表姑、表姑」的呼喚開始，當時我和舍妹在騎樓上欣賞那一排奇花異樹，一對年輕有型男女拿着一盤糖果點心來到我們面前：「表姑表姑來吃點東西喝杯汽水，別只顧着看花啦！」他們是新婚燕爾的忠義夫婦。大概我和舍妹的表情驚動了旁邊的人，我聽到了笑聲和長輩的話：「沒錯！是表姑，一表三千里！年齡與輩分無關啊⋯⋯！」

我升格為為表姑了，從此與忠義夫婦結下了親戚緣。後來，我又升格為表姑婆，再後來，更升格為太姑婆。且慢，還有橫向發展，美美成為小犬的班主任和校長，受益良多。忠義是六十年代港大的高材生。九十年代，我與舍妹先後進入港大研究院就讀，造化顯靈，忠義校長終於升格為我們的學長之輩了。

時光荏苒，半個世紀過去了，在晃如海市蜃樓的人世間，我與校長夫婦的關係已茁壯為「知無不言，言無不盡」的君子之交。也許這就是我無所介懷，不揣簡陋地，提起了筆的原因吧！

鶼鰈情深

古書《爾雅釋地》對鶼鰈兩字的解釋是：「東方有比目魚，不比不遊。南方有比翼鳥，不比不飛。」後人連接此兩字為一詞，形容夫妻情誼篤睦者。這是何等浪漫美妙的想像力！關於鶼鳥，據說上古時代確有此鳥，從出土化石可見，它只有一目一翼，想必生存不易。後來不知是進化，還是偶然發現了方法，兩隻同類的鳥合體後，可以飛翔數千里。在口耳相傳的故事中，他們是雌雄同體，繾綣一生的飛禽。可惜後世不得見。也許它們已羽化成仙，在另一個時空永享清福了。

人間的恩愛夫妻難鑄合、難定義、難詮釋。可幸事實和第六感告訴我，忠義夫婦是世上少有的完美夫妻之一。可惜篇幅所限，不能拆解分析舉證。只能用平凡的、離地的描述，去論斷他們琴瑟和鳴的一生：

他們在超過半世紀的婚姻生活中，只分開過數天；他們具有相同的興趣；他們永遠不會搶白對方；他們總是情深款款地聆聽和凝視彼此；他們以對方為榮；他們享受付出與接受；他們為對方漂亮和強大；他們知道對方愛自己……你可以說這些婚姻指南上都有，我告訴你，這是我真實的所見所感，是完成式。如果你認為這是表演，我想建議你，也去試試看。

忠義校長有一首組詩「寄內」八章，那是在他們夫婦唯一的分開期間所作。如果不知道寫作的時期，只自內容，必以為那是蜜月期間的情愛舒懷。結縭數十載的老夫老妻有此情調，誠神仙眷屬也。

新「遊于藝」達人

我試將忠義校長的人生分為兩個階段，退休前與退休後。前段是奮鬥期，從組織家庭，迎接小生命，到事業的平步青雲，沒有一天不是日理萬機的。但有一件事不會鬆懈，就是寫詩，詩是他的超越領域，用來抒發他的所思所感。斯時他的精神高度集中，沒有塵世的雜念，名氣、地位、出版、利益等等參雜其中。他變成一個純粹的藝術家。孔子提出的「遊于藝」：禮、樂、射、御、書、數六藝，經過兩千多年的開展與演變，早已有其獨立價值，已不再為「養德性」而存在，正如錢穆教授所發揮的「人之習於藝，如魚在水，忘其為水，斯有遊泳自如之樂。」（《論語新解》，頁二三七）。因而詩人得到了自由和快樂。而這也就是校長只顧寫詩，而從未想過將它們集結出版的原因。直到最後彌留時經摯友鼓勵才答應成事。

至於退休後呢，他擴大了「遊」的範圍，寫詩之外，他定期唱K、旅遊、打牌、閱讀、運動、深研古籍、關心股票，觀賞賽馬、品茗嘗酒……以及，有點難以置信，他一舉打破了傳統男士「君子遠庖廚」的習慣，全盤接手了家務工作，從監督菲傭、購買食材、烹飪示範、到內政外務，突發危機等等，無不顯出專業水準。美美又讚歎了：「我給他縱壞啦！我甚麼都不用理了！」讀小學的孫子也附和：「爺爺做的鮑魚最好吃呀！」我只能無言以對。

直到母親節那天我去和他們飲茶，校長來到交給我一個手提袋，打開一看，是幾樣蔬果，耳邊響起：「那是中國種的韓國梨，味道偏淡。蒜苔妳會做吧？肉絲豆腐乾大火炒，北方家常菜，季節快過了，再不吃就老了。茄子就蒸熟涼拌吧，加蒜葱香菜，紫色皮是好東西，別去掉……」

我信了，也服了，校長「遊」得太厲害了。

（作者為香港中文大學文學士、香港大學哲學碩士，曾於香無線電視、香港電台電視部、台灣公共電視，任高級編劇、編審、製作人，現為自由寫作人。）

詩評兩篇　黃坤堯

王忠義《無端》

無端鐘鼓又天涯。聚散風前落蒂瓜。虛擲一春迷蝶夢，獨憐膏雨釀林花。
牽蘿山鬼空延佇，吞岸潮聲有怨嗟。我畏多情英氣減，辛夷慎莫掛香車。

王忠義的詩頗具義山風韻，典實濃密。首聯晨鐘暮鼓，比喻時間流逝，天涯聚散，難以忘情。頷聯引入莊生蝶夢、林花釀雨，表現淒美，意象迷離。頸聯用《楚辭·山鬼》的故事，若有所待，襯以嗚咽的潮聲，悲泣怨慕。末聯兼用《山鬼》「辛夷車兮結桂旗」及蘇軾「多情應笑我，早生華髮」句意，似有萬般無奈，欲拒還迎。王忠義《蝶戀花·元朗市鎮公園烏塔北眺》亦得第二屆全港詩詞創作比賽的亞軍，另得兩屆優異獎，成績驕人，詩詞都有優異的表現。

王忠義《抵加有感》

春歸秀野夏猶寒，風雨無端入眼酸。
去國艱難同苟活，賦閒容易只尸餐。
過淮枳變餘香散，歎鳳時窮大道殘。
我本天涯求勝著，莫從一局較悲歡。

此詩寫移民心境，首句用北國的寒意映襯香江春暖。中間四句寫實中見誇張，但亦反映作者的素志，不甘雌伏遠世，浪費生命。末聯表現出挫折感，意悲詞苦。近來移民回流者多，此詩寫出小市民的心聲，自然也是香港政權交接前後的時代脈搏和心靈記錄了。

（選自《香港詩詞論稿》，香港當代文藝出版社，二零零四）

王忠義傳

梁伯鉅

王忠義，山東蓬萊人（一九三九至二零二一）。兄弟五人，名仁義禮智信，均以忠字排行。忠義於青島就讀聖母會明德小學，九歲來港，入讀天主教德信小學。畢業後升讀喇沙中學。

一九五九年，負笈香港大學。在校加入港大學生會天主教同學會，參與安排靈修活動，暑假時赴新界偏遠村落修路，便利鄉民。

一九六二年，忠義港大畢業，獲頒榮譽學位，隨修讀教育文憑，翌年被教署聘用為助理教育官，奉派荃灣官中，一九六八年晉升教育官，一九八零年調任 Sir E.K. 育才中學副校，一九八四年真除荃灣工業中學校長。此後忠義歷任多家學校，至八七年出掌元朗之趙聿修紀念中學，以迄致仕。縱觀畢生教育事業，教績斐然。

忠義學長，沉靜好學，寡言笑，睿智過人。康文署圖書館前總館長吳懷德亦喇沙同學，早與忠義善，往後相交益深，情同管鮑。忠義能詩，於高中時已嶄露頭角。

初，忠義讀 F.5 時，遇葉穎林老師，通平仄，遂有志寫詩。參與詩社，與何乃文、陳湛銓、潘小磐等先輩稔熟，涉獵舊詩，不斷寫作，往後呈饒公，時加提命，日有進境。考預科試時，忠義自修高級程度中史，多年後，友儕方知其獲優異成績。其聰慧潛藏，可見一斑。

忠義初入職 AEO，於荃官中任教英文等科目，學生散居村屋、老圍等。忠義家訪甚勤，於清貧學生家庭，輒自掏腰包，給予資助。往後政府宣佈調整文憑教師薪酬，忠義雖屬學位教師，亦參與積極爭取，仗義執言。最後各宗教團體參與調解，終獲港府讓步。

晚期主政趙中，忠義詩作日佳，然其教育理念，益見成效。趙中位處元朗，學習風氣欠積極。忠義甫接任校長，即訂定若干規程，提供課外活動。不數年，學生歸屬感大增，學業成績突飛猛進，會考 7A，8A 者多起，一般評語是校長領導有方，功不可沒。德高望重，深受同僚欽佩，學子愛戴。其門人劉福注為作悼念詩，中有四句云：「吾師已往天家去，詩稿長存方外樓；銘感師恩處處是，低吟遺韻倍添愁！」

王忠義校長浸淫詩詞，造詣日深。一九九二年填《蝶戀花·元朗市鎮公園鳥塔北眺》。其時何文匯教授與新界市政，見其詞而甚愛之，遂刻匾懸於百鳥塔最高層，以壯景色。何教授其後並邀忠義校長主持新市鎮文化教育協會學界詩詞聯年賽。如是舉行，垂三十年矣。

王忠義校長與香港大學當年同系同窗，交誼甚篤。雖幾近六十載，仍常相聚首。每次飯敍，王校長輒出示近作。其詩詞吟詠，日進化境。

二零一六年，南京紫金山天文台將其時發現之小行星命名為「饒宗頤星」，王校長有七律呈饒教授記其事，中有句云：「治心問學命星躔。」

茲引王校長詩二首記述師生舊事，以見功力：

「桃李當年侍坐，春風絳帳雍容。展謁期頤丰采，巖巖仰止誰從。」

「經綸滿腹無言稿，急就蠅頭信手書。巨帙印成思往事，彷聞謦欬受恩初。」

其自註略謂，饒教授課無講稿，懷德筆記奇速。今其筆記已刊印成巨冊，眾莫不稱羨。

校長詩詞造詣，今借何文匯教授語作結：「忠義先生為詩，高處越乎宋而侔於唐，閒談簡遠則同韋蘇州，精密華麗則近李義山。佳句如雲，深情無限。」

贊曰：德以服人，詩以教眾，教育事工，終身隨之。執筆成詩，執教成人。

後記：書是稿前，經訪問王校長五弟忠信，校長高足劉福注，及同門吳懷德學長。

（作者為王忠義校長香港大學中文系同學，同為饒宗頤教授高足，曾任香港政府文牘專員，退休後任樹仁大學文學院講師。）

責任編輯：韓心雨
裝幀設計：涂　慧
排　　版：周　榮
校　　對：趙會明
印　　務：龍寶祺

方外樓詩詞集

作　者：王忠義
出　版：太平書局
香港筲箕灣耀興道三號東滙廣場八樓
發　行：香港聯合書刊物流有限公司
香港新界荃灣德士古道二二〇至二四八號荃灣工業中心十六樓
印　刷：美雅印刷製本有限公司
九龍觀塘榮業街六號海濱工業大廈四樓A室
版　次：二零二二年十二月第一版第一次印刷

ISBN 978 962 32 9367 9
Printed in Hong Kong